光文社文庫

怪物なんていわないで

『おとぎカンパニー　モンスター編』改題

田丸雅智

KOBUNSHA

光　文　社

怪物なんていわないで

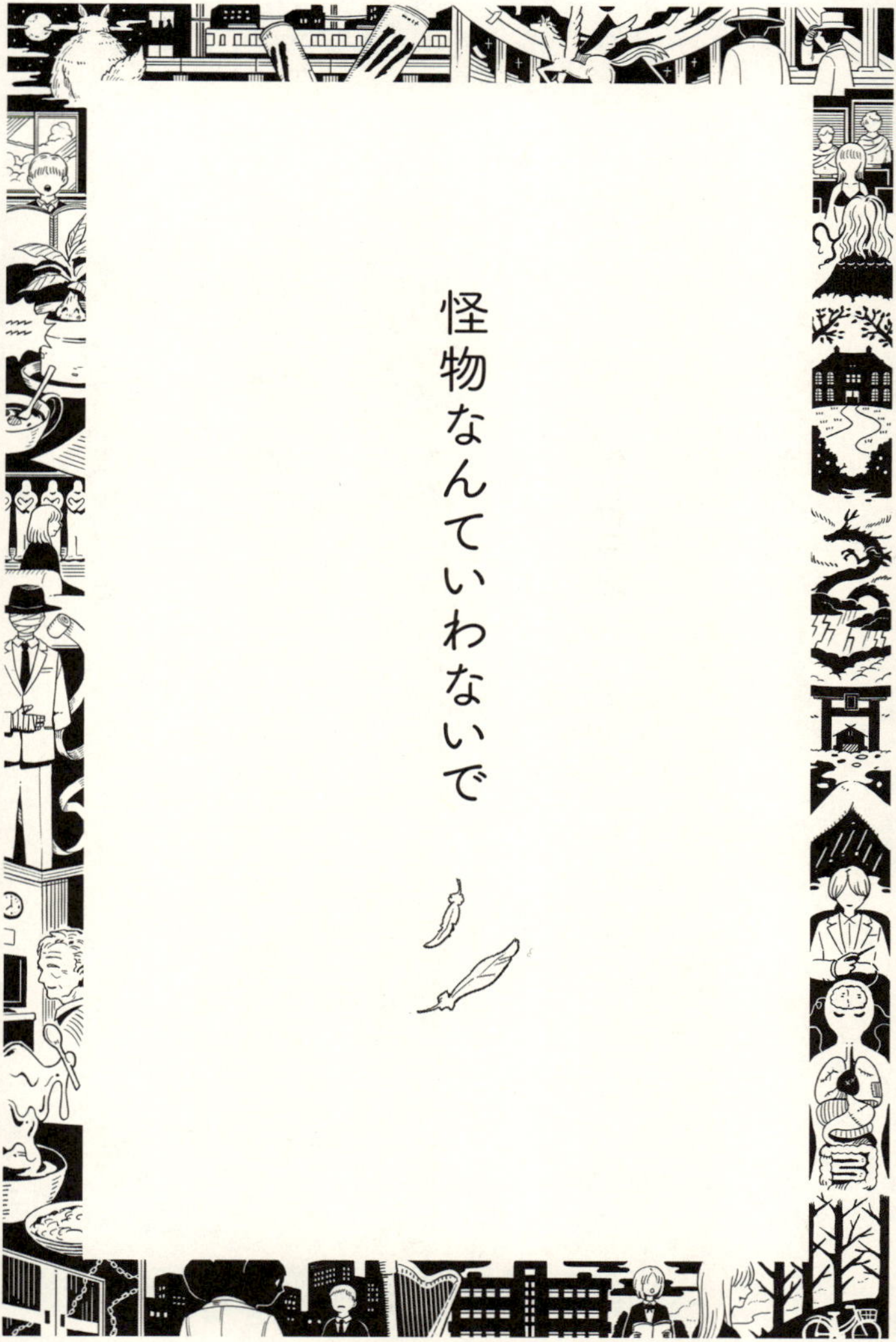

目次

Contents

天翔《あまか》ける　7

Wolf《ウルフ》　29

マンさん　51

包帯の屍《しかばね》　85

銀の相方　101

会社の番人　135
吸う女　157
バイオ手芸　181
膝の神社　211
石の家系　231

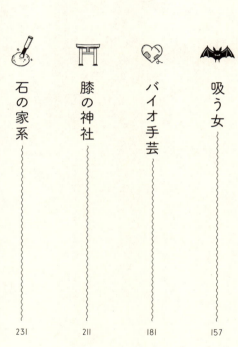

装幀　bookwall
本文イラスト　usi

Episode 1

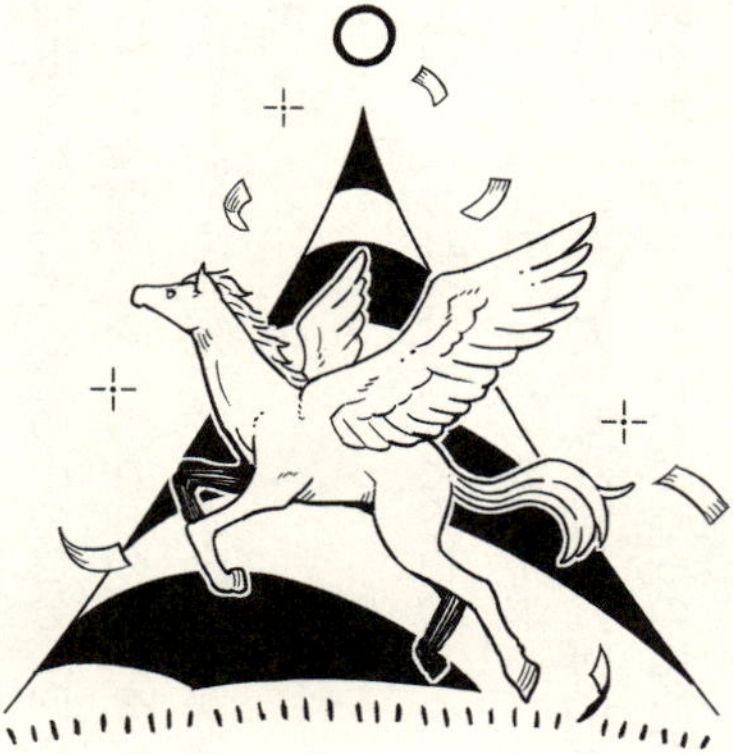

天《あま》翔《か》ける

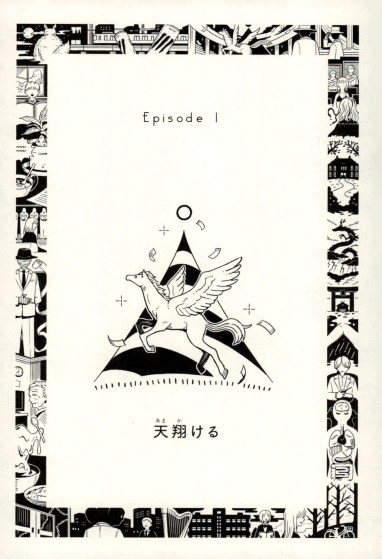

白のスーツに身を包むとハットをかぶって、鏡の中の自分と向き合う。

我ながら似合わないなぁと苦笑しながら、胸のあたりの厚みをたしかめる。内ポケットには札束が――この一年、生活を切り詰めて必死で貯《た》めた全財産が収まっている。

さあ、いよいよ勝負のときだ。

おれは気合いを入れてアパートを出る。

電車を乗り継ぎ目的の駅に近づくにつれて、周りにも白のスーツやドレスを着た人たちが目につきはじめる。これから行く会場では、それらがドレスコードになっているのだ。

駅に到着して電車を降りると、大勢の白い人たちが同じ方向に歩いていた。

やがてたどりついたのは、埋立地《うめたてち》に作られた日本で唯一の施設だった。

競天馬場《けいてんばじょう》。

それがこの場所の名称だ。

セキュリティゲートを抜けると、大理石で覆《おお》われた広々とした空間が現れた。神殿のような雰囲気に、いつもながら厳《おごそ》かな気持ちになってくる。

おれは逸《はや》る気持ちを抑えつつ、出走前の姿が見られるパドックへと足を向ける。

そこは例年通り、すでに人がぎゅうぎゅう詰めになっていた。先頭に陣取るためには徹夜で並ばないといけないものの、なんとかすきまに身体《からだ》をねじこみ、少しでも前のほうを目指す。

わぁっと歓声があがったのは、しばらくしてのことだった。

厩務員《きゅうむいん》に手綱《たづな》を引かれて、最初の一頭がパドックに入ってきた。

その瞬間、おれの興奮は一気に高まる。

引きしまった身体。たくましい筋肉。すらりと伸びた四本脚。

体毛は白銀に輝いていて、たてがみはうっすらと青みを帯びている。

何よりいいのが、左右に大きく開かれたその翼だ。

なんて美しいんだろう……。

目の前を堂々と歩くペガサスに、おれはうっとりしてしまう。

秋の祭典、晴馬《はれま》記念が間もなくはじまる。

ペガサス、そしてそれを競わせる競技の存在が明らかになったのは、数年前のことだった。

ギリシャのある地方の村が、こんなことを公表したのだ。

自分たちは遥《はる》か昔の神話の時代から、この地に棲《す》むペガサスとともに生きてきた、と。

そして、村の代表者はこうつづけた。

我々は長らくペガサスの存在自体を隠してきたが、過去には堂々とペガサスに乗って移動をしていた時代もあった。陸路だと行きづらい場所にひとっ飛びで連れて行ってもらったり、空中散歩を楽しんだり、ともに生活を送っていた。が、やがてその存在は村の中だけでとどめておくことが決められた。世の中が混沌《こんとん》としていく中で、ペガサスが争いごとに使われたり、物珍しさばかりが際立って悪目立ちすることを恐れたからだ。

それ以来、時代が進んで移動手段が自動車に取って代わられるまで、自分たちは村の外に出かけるときは馬を利用するようになり、何かの事情でペガサスに乗るときも人目につきづらい夜を選ぶようになった。ときには、近隣の村からやってきた者などにペガサスの姿を見られることもなくはなかった。が、どうにかこうにか運よく秘密は守られつづけた。

しかし、近年ではこんな辺鄙《へんぴ》な村にもやってくる者が現れはじめ、情報化も進むばかりで、いつまで秘密を守れるかが分からなくなってきた。

それならば、いっそ自分たちからその存在を公表したほうがいいのではないか。

加えて、世の人々のモラルも昔に比べて多少はよくなっている。

であるならば、下手《へた》に隠しつづけるよりも公表して保護の気運を高めたほうが、かえってペガサスを守ることにつながるのではないか。

そう考えて、我々は公表へと踏み切った――。

そんな内容の記事をＷＥＢで最初に目にしたときは、何のネタだろうかと思った。

ペガサスが実在する？

まさか、と鼻で笑った。

記事にはペガサスの写真もついていたが、そんなものは合成で何とでもなる。それに、もし実在するのなら、いくら隠そうとしても馬ほども大きな存在を簡単に隠しつづけられるわけがない。一頭だけならまだしも相手はかなりの数がいるという話だし、空まで飛ぶのだ。実際に見られたこともあるのなら、なおのこと噂《うわさ》が広まらないはずがない。それが広まっていないということは、そもそもすべてが作り話であるからに違いない――。

しかし、村の公表を受けてさまざまなメディアが現地を訪れ、ほどなくして彼らの主張は事実であると判明する。

日本のメディアも連日のようにさまざまなペガサスの映像を取り上げて、おれは呆然《ぼうぜん》となってしまった。

ペガサスが本当に実在するとは……！

でも、それならなぜ、近隣の村の人々までもが秘密を守ることに加担したのか……。

その疑問への答えはシンプルだった。

あるメディアが、近隣の人々にこんなことを尋《たず》ねてみた。

——前から、あの村のペガサスの存在を知っていたか。

村人たちは一様に、イエスと答えた。

——ならば、どうして騒ぎ立てたりしなかったのか。

そんな問いには、こんな返事が戻ってきた。

生まれたときから、あの村にはペガサスがいるのだと教わって育ってきた。だから姿を見たところで驚くなんてことにはならず、存在が当たり前すぎて、わざわざよその人に話すという考え自体が浮かばなかった。

なるほど、とおれは唸《うな》った。

その結果として、秘密は広まらなかったというわけだった。

公表によってペガサスの存在が世界中に知れ渡ってからというもの、当然ながら何としてでも手に入れたいという者が続出した。

ペガサスはあまりに美しかったし、珍しさについては言うまでもない。

村には、ペガサスを売ってほしいという人たちが押し寄せた。中にはペガサス一頭と引き換えに、村を最先端都市に変えてしまえるほどの巨額の投資を持ちかけた者もいたらしい。

しかし、村サイドはすべて拒否した。

今回の公表は、自分たちが懐《ふところ》を潤すために行ったものでは決してない。先手を打って、守るために公表したのだ。ペガサスは引き続き、自分たちの手で管理していく。興味本位で見に来るのも、これ以上は控えてほしい。

そんな中、あるメディアが村の伝統的な祭りのことをかぎつけた。

それがペガサスに乗って順位を競う、のちに競馬ならぬ競天馬と呼ばれるようになるものだった。

年に一度のこの祭りは、村人たちにとっては成人の儀式を兼ねていた。聖騎手《せいきしゅ》と呼ばれる乗り手になるのは二十歳《はたち》になる若者たちで、村人たちに見守られながらペガサスに乗って空を飛ぶ。

ただし、ペガサスに乗るのは容易《ようい》ではない。技術的なことはもちろん、ペガサスはプライドがとても高く、乗り手を自分で選ぶのだ。乗るにふさわしくない人物だと判断されれば振り落とされて、恥をかくだけではなくケガをする可能性も大いにある。そうならないよう、若者たちはこの成人の儀式に備えて物心ついたころから人格を磨《みが》く努力をする。

その祭りの日には、準備をしてきた若者たちがペガサスに乗って天を駆《か》けることになる。

村の中央には大きな木の塔が組まれ、若者とペガサスは塔の周りを決められたペースで螺旋《らせん》を描きながら上昇していく。そして、頂上に最初に到達した者が勝者となる。そんな具合だ。

無論、優勝者は村中からたたえられるが、勝てなかった者たちも同じように祝福される。

最後までペガサスに乗ることができたということは人格が認められたということで、成人の証《あかし》になるからだ。

中には途中で落馬ならぬ落天馬《らくてんば》してしまう者も出るけれど、それはそれ、という寛容さもあるらしい。ペガサスだって気まぐれを起こす。そうみなされるだけだという。

ともあれ、そんな祭りのことを知り、世間が放っておくはずがない。

この祭りを競馬のような一般的な競技に落とし込んで、自分たちも開催したい――。

そう企《たくら》む者たちが現れて、すぐに徒党《ととう》を組んで競天馬組織委員会なるものが立ち上げられることになる。

組織委員会の思惑はシンプルだった。

自国に競天馬場を建設し、ギャンブル場として運営していく。そして儲《もう》ける。聖なるギャンブルという名のもとに。

そのために必要なのは、何をおいてもペガサスだった。

組織委員会はペガサスを手に入れるため、村サイドに働きかけた。

当然ながら、村人たちは激怒した。

ペガサスは聖なる存在で、我々の祭りも神聖な儀式なんだ。それをギャンブルに使おうだなんて、もってのほかだ。

が、組織委員会にとっては想定済みの反応で、そこからが交渉のしどころだった。

彼らが最終的にどうやって説得に成功したのかは分からないが、世間で言われているのはこんな感じだ。

――この取り組みは、あくまでペガサスのことを万人に理解してもらうためのものなんです。百聞はなんとやら。間近でその存在に触れることは、人々がペガサスを身近に感じる何よりの機会になるでしょう。そうして人々は、ペガサスを大切にせねばと真剣に考えるようになる。それはおのずと、守ることへとつながっていく。

ギャンブルというのはあくまで表面的な話であって、まったく本質的ではありません。我々の願いは、ペガサスの保護。この一点に尽《つ》きるのです。

ほら、記憶にも新しいではありませんか。先日のペガサス窃盗未遂《せっとうみすい》事件です。あのときは、ペガサスのいななきで犯人グループがたまたま逃げだしたからよかったものの、次にどうなるかは分かりません。

ですが、犯人グループを一概《いちがい》に批難することができましょうか。本物のペガサスはたしかにこの地球上に存在しているにもかかわらず、一般市民の自分たちは映像などでしか見られない。そのストレスは計《はか》り知れないものがありましょうし、村のみなさんが独り占めしていると恨《うら》む者が出てくるのも必然というものではないでしょうか。

要は、適度なガス抜きが必要なのです。その点、競天馬場という場所があれば気軽にペガサスたちに触れられる。不満は解消されていき、悪事を働こうとも思わなくなる。ペガサスに危険が及ぶ可能性もぐんと減ります。

競天馬場の売上ですか？　もちろん、ペガサスの保護と、村のセキュリティ強化のために使ってください。それは我々にも運営資金が必要ですから、ある程度の分け前を頂戴できれば幸いです。ですが、運営上の問題さえないならば、本来は一銭たりとも受け取るつもりはありません。

我々を突き動かすのは、あくまでペガサスへの愛。

この思いを貫いて、誠心誠意、競天馬場を運営していく次第です――。

これはメディアで流れた憶測だから、どこまで本当なのかは分からない。

とにもかくにも、組織委員会は村サイドの説得に成功し、競天馬場の建設の合意を取り付けた。

それからというもの、各国は競天馬場の誘致《ゆうち》に躍起《やっき》になった。組織委員会へのアピールはもちろん、世論を喚起《かんき》するための活動や法的整備が急いで進められることになった。

そうして組織委員会に対するプレゼン大会が行われ、日本は見事、アメリカと中国に次いで三か所目の競天馬場の建設権利を勝ち取った。決定には過度な接待があったとか、裏取引があったとか、いろんなことが言われているが、そんなことはどうでもいい。

大事なのは、自分がこうしてペガサスに触れられる機会を得たということだ。

おれは物心ついたときから馬に惹《ひ》かれるタチだった。大人になると競馬にも熱を上げ、毎週のように競馬場に通っていた。

この目で初めてペガサスを見たのは、競天馬場ができた最初の年だ。

話題にもなってるし、とりあえず見るだけ見とくか。

そんな程度の気持ちだった。

しかし、一目見た瞬間に心はたちまち奪われた。

単に美しいだけじゃない。

ペガサスは神々《こうごう》しく、あまりに尊い存在だった。

それ以来、大好きだった競馬は一切やめた。その代わり、月に一度しか開催されない競天馬に欠かさず足を運ぶようになった。

おれの中では、ペガサスたちを間近で見たことで美学も生まれた。

ふだんのレースではペガサスの姿を愛《め》でに行くだけで、実際に賭《か》けたりはしない。その代わり、年に一度のもっとも大きな一レースに、一年で貯めた資金をすべて注《つ》ぎこむ。

それが今日。

年間で上位成績を収めたペガサスだけが出られるレース、晴馬記念の日というわけだ。

出走前のペガサスたちを存分に堪能《たんのう》すると、おれはパドックから引きあげて天馬券《てんばけん》を買いに向かった。

おれの流儀は、単勝一点買い。信じた一頭にすべてを賭ける。

よくよく検討した末に買ったのは、エアリーフォースというペガサスだった。この一頭は、あのギリシャの村の祭りで生涯無敗だったという伝説の馬を親に持ち、ポテンシャルはもともと計り知れないものがあると言われていた。この頃はその才能が開花して、破竹《はちく》の勢いで連戦連勝を重ねていた。

パドックで見た状態もよさそうで、間違いなく今日の一番人気になるだろうと思われた。

そんな天馬券を買うだなんて、手堅くてつまらない。

そういう批評は受け付けない。おれにはハイリスクなペガサス——むらっ気で今日のパドックでも落ち着きがなかったイナヅマコースターみたいなやつと心中する気はさらさらないのだ。

そうして無事に天馬券を購入すると、おれは通路を抜けてスタンドに出た。

その瞬間、圧倒されそうになる。

指定席も立見席も、見渡す限り人、人、人。

異様な熱気が競天馬場を支配していた。

周りの人たちは、おのおの競天馬談議にふけったり、競天馬新聞を読んだりしながらレースの開始を今か今かと待ち望んでいた。

おれも群衆をかき分けながら、指定の席までやってくる。

腰を下ろして競天馬場に目をやると、鮮やかな芝の緑が飛びこんでくる。競天馬場の真ん中には円錐《えんすい》形の巨大なタワーがそびえている。それがここのシンボルで、ペガサスたちが競うコースでもある。

タワーの根元は一周およそ五百メートルで、上にいくにつれてだんだん細くなっている。壁のところどころには大きなリングが螺旋状につけられていて、ペガサスたちはそれを順番にくぐりながら最後のリング——頂上にあるゴールを目指していく。タワーの内側には座席が設けられてもいて、窓の外を駆けていくペガサスを間近で見ようと大勢の人が詰めかけていた。

そんな光景を眺めつつ、おれは今日の勝利を祈りながらひとり気持ちを集中させた。

大丈夫、エアリーフォースは必ずやってくれるはず……。

やがて、ペガサスたちがゲートの前までやってきた。

ぐるぐるとあたりを歩き、レース前の最後の準備を整える。

そのとき、ファンファーレが響き渡った。

それを境に聖騎手を背中に載《の》せた十六頭のペガサスたちが、一頭ずつゲートに入りはじめた。エアリーフォースも六番のゼッケンをつけてゲートに収まり、ほかのペガサスたちも次々にゲートに収まっていく。

出走まで残り三頭となって、二頭となって、一頭となる。

そうして、全ペガサスがゲートの中に収まった、その直後。

一斉にゲートが開いて、ついにレースがはじまった。

あたりは地響《じひび》きのような大歓声に包まれた。

「行けっ！　行けっ！」

おれも早々に立ち上がり、声を張りあげて声援を送る。

ペガサスたちはタワーにそってカーブしながら、芝の上を全速力で駆けていく。その姿はすぐにタワーの裏側に消えていき、おれは会場のビジョンで途中経過を確認する。

半周ほど回ったあたりから、ペガサスたちは広げた翼をバッサバッサとはためかしはじめた。風をとらえた個体から地面を蹴って、宙へと順に舞い上がる。

タワーを回っておれの前に戻ってきたころには、全頭が優雅にコースを飛翔《ひしょう》していた。

ここからが見どころだ——。

ペガサスたちは、そのまま最初のリングを通過していく。宙にあっても、まるで地面を蹴るかのように激しく脚を出しつづける。その必死さに、いつもながら胸を打たれる。翼から抜け落ちた白銀の羽が無数に舞って、光をキラキラと反射する。

序盤のレース展開が見えてきた。

あるペガサスは先頭に立って、明らかに逃げ切ることを狙っていた。別のペガサスはスタートが遅れ、ここからの挽回《ばんかい》が見せどころだった。

そんな中、エアリーフォースは前方集団のまずまずの位置にいた。

エアリーフォースの持ち味は、先頭のすぐ後ろにつけておいてからの追い込みにある。盤《ばん》石《じゃく》のレース運びに、早くも期待は高まってくる。

全頭が少しずつ上昇しつつ、二周、三周と順調にリングをくぐる。

あっという間に序盤が終わり、レースは中盤へとさしかかる。

そのときだった。

突然の出来事に、会場中から悲鳴があがった。

聖騎手の一人がペガサスから落ちて落天馬したのだ。

そのまま地面に激突した聖騎手のもとには、すぐに救護隊が駆けつけてきた。安否が気になり、時間が止まったようになる。

そもそも聖騎手という存在は、競馬の騎手と同じように小柄で軽量であることが求められる。ペガサスに負担をかけないためだ。それに加えてペガサスを導く技量、空中でも崩れないバランス感覚なども必要だけれど、もっとも大事なのはプライドの高いペガサスに乗るための清い心だと言われている。

実際のところ、その要素がどれだけ効《き》いてくるのかは分からない。が、少なくとも聖騎手たちは邪心《じゃしん》をなくすトレーニングを日常的に行っていて、寺に通って無我《むが》の境地《きょうち》を目指す者もいるほどだ。

絶対に勝ちたい。どんな手を使ってでも――。

もしかすると、落ちた聖騎手にはそんな邪心が芽生《めば》えたのかもしれない。

そのあたりは定かではないが、いずれにしても、おれは落天馬した聖騎手の無事を願う。

そうこうしているあいだにもレースは終盤に差し掛かり、ペガサスたちは遥か上空まで到達していた。タワーが細くなるにつれ、次のリングまでの角度は急になる。リング自体もほとんど水平に近くなり、ペガサスたちはそれに合わせて器用に翼の向きを変え、全身を上に傾ける。

白銀の残像を残しながら、猛スピードで上へ上へと昇っていく。

我がペガサス、エアリーフォースは変わらずいい位置を保って飛翔していた。

このままいけば、一着も十分に狙える。

「行けっ、行けっ……！」

おれは小声でエールを送る。

「そこをキープだ……勝てるぞっ……！」

リングは残り三つとなって、二つとなる。

おれの手は汗だくになっている。

エアリーフォースは次のリングをくぐり抜け、残すは真上にたたずむタワー頂点のゴールリングだけとなる。

「あと少しっ……！」

そのゴールまでは、あえて長い距離が取られている。

いわば天へとつづく最後の直線だ。

ペガサスたちは持てる力を振り絞り、力強く羽ばたきながら宙を蹴る。全力で駆けのぼっていき、その羽ばたきや息づかいはスタンドまで届くようだ。

そのとき、先頭のペガサスのスピードがガクンと落ちた。

体力の限界がきたらしい。

それを待っていたかのように、エアリーフォースが加速する。

エアリーフォースはその一頭の横に並ぶと追い抜いて、一気に先頭へと躍り出る。

「よしっ！　よしっ！　よしっ！」

エアリーフォースは少しずつ、だが着実に後続を突き放しだす。

このまま駆け抜けて一着だ――。

そう確信した瞬間だった。

にわかに会場中がどよめいた。

後ろから白銀の影が猛スピードで昇ってきたのだ。

それは十一番のゼッケンをつけた一頭――イナヅマコースターだった。

イナヅマコースターはほかのペガサスをどんどん抜き去り、あっという間にエアリーフォースに迫ってくる。

目の前のビジョンに二頭の姿が映しだされる。

エアリーフォースは翼を力強くはためかせ、加速をつづける。が、イナヅマコースターがそれをさらに上回るスピードでガンガン昇る。

そこから先は、スローモーションの映像を見ているかのようだった。

エアリーフォースは残り二十メートルでイナヅマコースターにとらえられ、十メートルで並ばれた。

追い抜かれる——。

そう思ったが、エアリーフォースも意地を見せて抜かせなかった。

おれの周りからは音も消え去る。

二頭は翼を大きく広げた。その翼で空気をしっかりとらえると、下に向かって打ちつけるように激しく振りぬく。

直後、二頭は同時に翼と脚を折りたたみ、ゴールリングに突っ込んでいく。

その姿は、天に放たれた白銀の弾丸《だんがん》だ。

ゴールリングまで三メートル、二メートル、一メートル——。

その次の瞬間だった。

わぁあっ、という大歓声が耳に届き、おれはハッと我に返った。

ビジョンには、三着のペガサスが遅れてゴールリングを突っ切る様子が映しだされたところだった。それにつづいて、残りのペガサスたちも次々にレースを終えていく。

どっちだ……!?

結果が分からず、居ても立っても居られなかった。

おれの目には、エアリーフォースとイナヅマコースターは完全に同着のように見えていた。

周りの人たちも確信が持てないようで、あちこちで早く結果を教えてくれという声が上がる。

そのとき、ビジョンに映像が現れた。

それはエアリーフォースとイナヅマコースターがゴールした瞬間のものだった。

鼻差《はなさ》——。

映っていたのはエアリーフォースに先んじて、わずかにイナヅマコースターがゴールリングを通過している静止画だった。

会場中が落胆とため息に包まれた。

まさか、一番人気のエアリーフォースが負けるだなんて……。

おれもがっくり肩を落とす。

今年も負けた……あと少しだったのに……。

周りを見ると、どうにかして笑みをこらえようとしている人もごく一部にはいるようだった。誰もがノーマークだったイナヅマコースターは大穴で、三連単は万天馬券に化けていた。

彼らはそれを買っていたのだろう。

くそぅ……うらやましい……。

しかし、そんな気持ちもすぐにうすれていった。

例年通り、おれはしだいに清々《すがすが》しさを覚えはじめた。

心の中には、ペガサスたちの美しい白銀が尾を引いていた。

負けたのは残念だ。

でも、ペガサスたちは素晴らしいレースを見せてくれた。

空を見上げると、レースを終えたペガサスたちが天を思い思いに駆《か》けていた。会場内にアナウンスも流れてきて、落天馬した聖騎手は幸い軽症で済んだと告げられる。

おれは改めて、こう思う。

贅沢《ぜいたく》な時間だったなぁ……。

周りのみんなの表情も、いつしか晴れやかなものになっている。

こんなことも考える。

そりゃあ、勝つに越したことはない。

が、おれたちはそれだけのために競天馬をしているわけでは決してない。

求めているのは、勝ち負けの先。

すべてをなげうっても余りある、ロマンなのだ。

おれは再び天を見つめた。

澄《す》み渡った天高い秋空のもと、クールダウンを終えたペガサスたちはやがて一頭、また一頭と競天馬場から去っていき、厩舎《きゅうしゃ》へと帰りはじめていた。

その光景を眺めるうちに、おれは早くも来年のことに思いを馳《は》せてワクワクしてくる。

来年こそはリベンジしたいもんだなぁ……。

そんな気持ちを抱きつつ、おれは心の中でいつまでも手を振りつづけた。

飛んでいった二つのもの——ペガサスたちと自分の全財産の、あっぱれな勇姿をたたえながら。

Episode 2

Wolf《ウルフ》

深夜の駅に降り立つと、足取りはますます重たくなった。

自宅には、ここから歩いて十分もすれば到着する。いや、十分で到着してしまう。そうなれば、おれは持ち帰った仕事をしないといけない。

「今日中で大丈夫だから」

そう言った上司の、歪《ゆが》んだ笑みがよみがえる。

上司の言う「今日中」は、日付が変わるまでじゃない。翌日の始業時間までが「今日中」で、翻訳すると徹夜でいいから仕上げておけよという意味だ。

仕事はひとりで抱えこむな。周りの人間にうまく振れ。

このあいだ立ち読みをしたビジネス書には、そんなことが書かれていた。

それができたら、どんなにいいか。

頼まれたら断れない。人前に立つと発言できず、何か言われても反論できない。優柔不断で仕事も遅い……。

周囲からは重宝されて、声をよくかけられる。頼りになるキーパーソンとしてではなく、面倒なことを押しつけられる都合のいい端役《はやく》として。

ああ、帰りたくない……。

弱気のループに入りこむと、気持ちも沈んでやるべきこともはかどらない。

今日は朝までに終わるかな……とりあえずコーヒーでも買って帰るか……。

そう思って、自販機に近づこうとしたときだった。

突然、ぶるるん、というエンジン音が聞こえてきた。その直後、グレーのオープンカーが猛スピードで走ってきて駅前に急停車した。

なんだなんだと思っていると、中から四人の若い女性が降りてきた。その女性たちは、グレーでモフモフ素材のショートパンツとタンクトップを身につけていた。頭の上には、犬の耳のような付け耳も装着《そうちゃく》している。

「お疲れさまでございますぅ。ただいま、試供品をお配りいたしておりますぅ」

女性たちは手元の袋から何かを取りだし、道行く人たちに次々と声をかけはじめた。

渡していたのは細長い缶だった。

「ビジネスパーソンの方にオススメさせていただいておりますぅ。野生の力で元気モリモリ、無料配布をいたしておりますぅ。あっ、ありがとうございますぅ。ありがとうございますぅ」

女性たちは、通りがかった人たちにどんどん缶を手渡していく。

こんな時間に試供品……？

首をかしげながらもなんとなく興味を引かれて、おれはコーヒーを買うのをやめて近づいた。

するとすかさず女性の一人が寄ってきた。

「お疲れさまでございますぅ。ただいま、試供品をお配りいたしておりますぅ」

おれは差しだされた缶を受け取った。

そのグレーの缶には、牙をモチーフにしたような「Ｗｏｌｆ《ウルフ》」というロゴが描かれていた。

それはオープンカーの横にペイントされているものと同じで、商品名だと思われた。

缶を眺めながら、おれは尋《たず》ねた。

「これ、何ですか？」

「エナジードリンクでございますぅ」

女性はつづける。

「ビジネスパーソンの方にオススメさせていただいておりますぅ。野生の力で元気モリモリでございますぅ」

「へぇ、初めて見ました……」

女性はうなずく。

「まだ発売前のものでございますのでぇ。量産に向けて、ただいま準備中でございますぅ」

「そうなんですね……」

このあとの仕事にちょうどいいかもしれないな。

そんなことを思っていると、女性の声が耳に届いた。

「お疲れさまでございますぅ」

いつしか女性は、周囲への配布を再開していた。

おれはその場から離れて、家路についた。


帰宅すると、さっそくＷｏｌｆを飲んでみた。

ひと口含むと強い苦味が舌に広がり、獣臭《けものしゆう》のような癖《くせ》のある臭いが鼻を抜けた。

はっきり言うと、マズかった。が、中途半端に味をととのえていない感じからは、かえって身体《からだ》によさそうな印象も受けなくはなかった。

いずれにしても、せっかくもらったのだからと、おれは一気に飲み干した。

「やるかぁ……」

そして、ため息交じりにパソコンを開いて仕事をはじめた。

異変を感じたのは、しばらくたってのことだった。

身体がだんだん火照《ほて》ってきて、気づくと全身が汗ばんでいた。部屋は快適な温度のはずで、熱でも出たかと不安になったが、体温を測ると平熱だった。

おかしいな……。

首をかしげながらも、おれは再び仕事に戻る。

身体はますます熱くなり、どういうわけか頭の中も冴《さ》えてきた。

ふいに、おれは似たような感覚に思い当たった。

アドレナリンが全開になって、血がたぎっているときだ。

いつしか心もうずきだし、仕事がしたいという衝動《しょうどう》に駆《か》られる。

逆境《ぎゃっきょう》に燃えるアスリートのような気持ちで、おれは猛烈にパソコンのキーを叩《たた》きはじめた。

次に我に返ったのは、仕事を終えてパソコンを閉じたときだった。

ふぅ、とひと息吐《つ》いて時計を見た。

体感時間は一瞬だった。が、すでに仕事をはじめて二時間ほどが経過していた。

いつの間に……!?

かつてないほどの自分の集中力に驚きつつも、それ以上に信じられなかったのがたったの二時間で仕事が終わってしまったことだ。

いつもだったら、朝までコースのはずだったんだけど……。

血がたぎっているような感覚は冷たいシャワーを浴びてもつづいて、おれはそのままベッドに入って横になった。

結局、頭が冴えて朝まで一睡もできなかったが、なぜだか力はみなぎっていた。

その感覚は午前中のうちに途切れたものの、後から疲れが押し寄せてくるようなことも一切なかった。


一か月ほどがたった頃のことだった。

いつものように終電近くの電車で最寄駅に降り立つと、ぶるるん、という音が聞こえてきて、おれの胸は高鳴った。

もしかして……!?

その直後、期待通り、前に見かけたグレーのオープンカーが駅前に滑りこんできた。急停車した車からは、露出の多いモフモフコスチュームを着た女性たちが降りてくる。

「お疲れさまでございますぅ。ただいま、試供品をお配りいたしておりますぅ」

女性たちは口々に声をあげはじめる。

前にＷｏｌｆを飲んだ日以来、おれは同じようなハイパフォーマンスを発揮できたことは一度もなくて、相変わらずうだつのあがらない日々を送っていた。あの感覚にＷｏｌｆの影響があったであろうことは間違いなく、この一か月はＷｏｌｆの入手方法を必死になって探していた。

しかし、もらった缶には製造元の情報どころか成分表示さえなくて、ネットを検索しても何の情報も得られずに、もどかしさは募るばかりだった。

そこに来ての再会に、歓喜せずにはいられなかった。

「野生の力で元気モリモリ、無料配布をいたしておりますぅ」

笑顔を振りまく女性たちに、おれはさっそく近づいた。

ところが、前回とは違って女性たちは誰ひとりとしてこちらに寄ってはこなかった。

仕方がないので、あの、と自分から声をかけた。

女性のひとりが振り向いた。

「はいぃ、なんでございましょぉ」

女性はやっぱりＷｏｌｆを渡してくれる様子はなくて、おれは言った。

「そのエナジードリンクをいただきたいんですけど……」

しかし、女性は首を横に振った。

「大変申し訳ございませんが、お客様のご希望にはお応《こた》えできかねますぅ」

「えっ？　なんでですか……？」

「お客様は、二度目のお受け取りとなるからでございますぅ」

なんでそれが分かったんだ……!?

ドキッとしつつも、そのわけを聞くより、早くＷｏｌｆを手に入れたい気持ちのほうが強かった。

おれは言った。

「たしかに二回目ではありますけど……なんとか分けていただけませんか？」

「大変申し訳ございませんが、いたしかねますぅ」

「そこをなんとか……」

「お渡しはできないのですぅ。ただ」

「ただ……？」

「ご購入いただくことは可能ですぅ」

「そうなんですか!?」

でも、と尋ねる。

「たしか、まだ店とかでは売ってないって……」

「ただいま量産に向けて準備中ですので、一般販売はまだでございますぅ。ですが、ご希望の方には先行販売をしておりましてぇ」

それに乗らない手などはない。

おれはすぐに申し出た。

「買います！　お願いします！」

「かしこまりましたぁ。それでは、こちらのサイトにアクセスしてくださいませぇ」

女性は小さな紙を渡してくれた。そこにはサイトのＵＲＬとパスワードだけが記されていた。

お礼を言って女性のもとから離れると、おれはさっそくその場でサイトにアクセスした。見慣れたロゴが目に飛びこんできて、自動的に購入ページに切り替わる。感情の昂《たか》ぶりを抑えながら、おれはＷｏｌｆを箱でたくさん注文する。

到着が待ち遠しいな――。

目を見開いたのは、帰宅した瞬間だった。

玄関の前に〝Ｗｏｌｆ〟のロゴ入りの箱が置かれていたのだ。

開けてみると、Ｗｏｌｆの缶が入っていた。

さっき頼んだやつが、もう届いたのか……!?

まさかと思うも、それ以外に心当たりはひとつもない。

配達ってこんな時間にやってるのか……!?　というか、マンションのオートロックはどうやって……!?

いろんな疑問が浮かんできた。

それでも、気持ちはすぐに目の前のＷｏｌｆのことに切り替わった。

おれは缶を一本取りだして、タブを引いた。口に含むとあの独特の苦味と臭いが押し寄せてきて顔をしかめてしまったけれど、我慢しながらごくごくごくと飲み干した。

効果は間もなく表れた。

血がたぎり、猛烈に仕事をしたいという衝動に駆られはじめた。

おれは研《と》ぎ澄《す》まされた感覚でパソコンに向かった。

この日もやっぱり、ふだんの自分からは考えられないハイパフォーマンスを発揮でき、仕事は早々に片づいた。

効《き》き目はすごいが、正体不明。

そんなＷｏｌｆには危険なクスリが使われている可能性もよぎったが、あまり深くは考えなかった。何にしても劇的な効果があることには変わらないし、異常が出たら飲むのをやめればいいだけだった。

その日から、おれはＷｏｌｆを日常的に飲むようになった。

ただ、毎日飲むようになってすぐ、Ｗｏｌｆの不可解な特徴が明らかになった。

日中に飲んでも効き目がないのだ。

量が足りないのかと思って二本、三本と飲んでみるもやっぱり効き目は感じられず、仕事のできないふだんの自分がいるだけだった。

その一方で、夕方から翌朝にかけての時間帯はよく効いた。残業しているときは仕事がすこぶるはかどって、家に持ち帰る仕事の量もずいぶん減った。たとえ持ち帰ることになったとしても、Ｗｏｌｆのおかげで徹夜になるようなことはなかった。

なんで昼間は効かないんだろう……。

もうひとつ、日がたつにつれて気がついたことがあった。はじめのうちはよく効いていた夜のあいだも、少しずつ効かなくなってきているようだったのだ。

効き目はどんどん弱まって、ついには夜でもまったく変化が起こらない日が訪れた。

身体が慣れたということか……？

そう考えていたものの、翌日には効き目が少し表れだして、飲みつづけているうちにまた前と同じように効いてきた。

なんで波があるんだろう……。

その理由が判明したのは、ある夜のことだった。

残業を終えて最寄駅まで帰ってくると、ぶるるん、という音がして、猛スピードでグレーのオープンカーがやってきた。

「お疲れさまでございますぅ」

道行く人たちに試供品を配りはじめた女性の一人に、おれはすぐに駆け寄った。

「あの、すみません！　Ｗｏｌｆを愛飲してる者なんですが……」

おれは効き目に波があることを女性に話して、どうしたものかと相談してみた。

すると、女性は言った。

「そうでございますぅ。Ｗｏｌｆの作用は月と連動しておりますのでぇ」

「月……？」

「あちらをご覧くださいませぇ」

女性は手のひらで空を示した。

そこには黄金《こがね》色の満月が浮かんでいた。

「本日は満月ですので、Ｗｏｌｆの作用も最大となっておりますぅ。明日からは少しずつ作用が弱まり新月の日にはなくなりまして、そこからまた満月の日に向かって強くなりはじめますぅ」

そういうことだったのか、と理解した。言われて振り返ってみると、この一か月のあいだの効き目の波は月の満ち欠けの様子と一致していた。月が関係するのなら、日中に効果がないのもうなずけた。

そのとき、あっ、と気がついた。

この女性たちと出会ったのは、一か月前と二か月前だ。

彼女たちは、効き目が最大になる満月の日に合わせて無料配布をしてたのか……。

でも、とおれは残念に思った。

せっかくすばらしいドリンクなのに、すべてのポテンシャルを引き出せる日は月に一度しかないなんて……。

「効き目の波がなくなればいいのに……」

本音をこぼすと、女性が言った。

「可能でございますぅ」

「えっ……？」

おれは尋ねる。

「どういうことですか？」

「イマジネーションの力ですぅ」

そう言って、女性はこんなことを教えてくれた。

丸い形を見たときに、イマジネーションの力をもってその丸いものと満月の姿をぴったり重ねる。それができれば実際の月の満ち欠けにかかわらず、さらには夜であるかどうかにもかかわらず、いつでも満月の夜と同じ作用を引き出せるようになる。

「そうなんですか……!?」

それならそれで早く言ってほしかったと思いつつ、早くやらねばと気が急《せ》いた。

「ありがとうございます！」

女性に言って、おれはその場をあとにした。

イマジネーションの力というのは、なかなかうまく使うことができなかった。

最初に手に取ったのは家にあったテニスボールで、おれはそれを満月だと思いこもうと試みた。が、いつまでたってもテニスボールはテニスボールで、肝心のＷｏｌｆの効き目もまったく表れてはくれなかった。

別のアプローチが必要そうだな……。

おれは白いゴムボールを買ってきて、月に似せて色を塗った。

そのボールを見つめながら、自分にこう言い聞かせた。

「満月、満月……」

どこに行くにも持ち歩き、時間があれば取りだして満月をイメージしつづけた。

努力がみのったのは、少したってのことだった。

通勤電車の中でいつものようにボールをじっくり眺めていると、突然、それが完全に満月の姿と重なった。

瞬間、心の奥底がざわめいて、血がたぎるような感覚にとらわれた。

居ても立ってもいられなくなり、おれは次の駅で電車から降りて駆けだした。

気がつくと、スーツのままで会社までの三駅の距離を疾走《しっそう》していた。会社につくと汗だくだったが疲労感はまったくなくて、充実感だけが残されていた。

興奮の中、おれは自然と笑みがこぼれた。

やってやったぞ！

それを境にボールは満月にしか見えなくなって、おれはＷｏｌｆさえ飲めば日中もハイパフォーマンスを発揮できるようになっていった。

前々から夕方以降の変わりぶりをいぶかしんでいた上司は、さらなるおれの変貌《へんぼう》に何があったのかと聞いてきた。

「いえ、何も」

わざわざ説明する義務はないので簡潔に答えて、おれは逆に仕事の話を上司に振る。

「それより、さっきお渡しした資料には目を通してくださったんですか？」

まだだと返事がかえってくると、おれは上司に噛《か》みついた。

「すみませんが、早めにお願いできますか？　プロジェクトの進行に支障が出かねませんので」

上司はキツネにつままれたような表情になり、自分の席に引き下がった。

別の日には、その上司から面倒なだけの仕事を振られそうになった。

おれはすかさず口にする。

「それ、ぼくがやる必要ありますか？」

上司は虚《きよ》を突かれたような顔になり、別の部下に頼みに行った。

また別の日には、会議で出てきた上司の意見が、なんとなくの雰囲気でそのまま採用されそうになった。

おれは疑問を呈する。

「その方向って、どうなんですかね？　ぼくは前提が間違ってると思いますけど」

場が凍りついても、気にせずつづける。

ていく。

「ほかのみなさんも、もうちょっと頭を使いませんか？　素人《しろうと》じゃないんですから」

おれはだんだん、わざわざボールに頼らなくともＷｏｌｆの恩恵にあずかれるようになっていく。

日常で見かける丸いものが満月に思えるようになってきたのだ。

電球、時計、紙コップ。

タイヤ、マンホール、上司のメガネ。

そういうものを目にするたびに、おれの心臓はどくんと脈打ち、熱い血が全身を駆けめぐった。衝動がこみあげてきて、そのすべてを仕事に注ぐ。

仕事のパフォーマンスはさらに向上していった。

自分の仕事はあっという間に終わるので、浮いた時間が暇になる。同僚の仕事の遅さが目に余り、イライラしてきて口を出す。

「あの、全部ぼくがやりますから。そのほうが早いので」

Ｗｏｌｆを胃に流しこみつつ、いつかビジネス書で読んだ言葉がよみがえる。

仕事はひとりで抱えこむな。周りの人間にうまく振れ。

あれはとんだ妄言《もうげん》だったと、おれは呆《あき》れる。もちろん、どうでもいい仕事は周りのやつらにやらせるべきだ。が、そうでなければ一人でやったほうがはるかに早い——。

内に芽生《めば》える衝動はふくらむばかりで、仕事をこなすだけではまったく満足できなくなった。

おれは全速力で走って通勤するようになり、仕事中もパソコンに向かいながらエアロバイクを漕《こ》ぐようになる。

それでも渇《かわ》きは満たされない。

気力も体力も有り余り、獲物を求めてよだれがしたたり落ちてくる。

仕事中に記憶が途切れるようになってきたのは、その頃からだ。

集中しすぎて、そのあいだのことはあんまり覚えてないんだろう。

最初のうちは、そう考えただけだった。

しかし、ある夜、ふと我に返るといつの間にか家に帰り着いていて、顔や服に赤いものがついていた。

「なんだこれ……」

つぶやきながら嗅《か》いでみると生臭く、舐《な》めてみると鉄っぽい味がした。

何かの血……？

それ以来、同じようなことが何度も起こり、そのうち毎晩つづくようになっていく。

なんで血が？

そんな疑問も、しだいに浮かんでこなくなる。濃くなっていく体毛も、鋭く伸びていく歯や爪も、しっくりなじんで当たり前のことになる。

いつからか、会社には行かなくなっていた。行ったところで、何も満たされるものがないからだ。

身体はますます変化していく。

おれは鏡に映る自分を眺める。

グレーの毛がびっしり生えた全身では、筋肉がはちきれんばかりにたたずんでいる。鼻と口は前に飛びだし、真っ白な牙のすきまからはダラダラと唾液《だえき》がしたたっている。赤く充血した目はランと輝き、ふさふさの尻尾《しっぽ》はゆらりと揺《ゆ》れる。

我ながら、その姿にうっとりする。

なんて美しいんだろう……。

チャイムが鳴ったのは、そのときだった。

Ｗｏｌｆを片手にインターフォンで返事をすると、こんな声が聞こえてきた。

「警察です。最近、このあたりで行方不明者が相次いでいる件で、聞き取り調査を行っておりまして」

缶をひねりつぶして部屋の隅《すみ》に放り投げると、おれは玄関のドアを開けに出る。

その瞬間、叫び声がこだまする。

「ばばば、化け物ぉぉぉっ！」

腰を抜かした警官たちは、救援を要請しはじめる。

彼らが何を騒いでいるのか、おれにはわけが分からない。が、面倒なことになりそうだなと直感し、とりあえず逃げておこうかなと考える。

おれは道に飛びだして、暗闇の中を駆けだした。

ぶるるん、という音がしたのは、そのときだった。

グレーのオープンカーが猛スピードでおれを追い越し、行く先をさえぎるように急停車した。

その車から、女性たちが降りてくる。

「お疲れさまでございますぅ」

なんだか既視感があるなぁと思いつつ、どこで見たのか思いだせない。

そんなことより、おれの関心は別にあった。

うまそうな獲物が勝手にやってきてくれたのだ。それも四人も。

飛びかかろうと、おれは力をためて一気に解放しようとする。

が、その直後、異変に気がつく。

身体がまったく動かないのだ。

「先ほど処置をさせていただきましたぁ」

猟銃《りょうじゅう》のようなものを抱えた一人が、そう言った。

別の女性が口にする。

「ご協力に感謝いたしますぅ。私どもも大変ありがたく思っておりますぅ。量産化には原料の確保が欠かせませんのでぇ」

女性たちはそろって白い歯をこぼす。

「これでほかのみなさんも、野生の力で元気モリモリでございますぅ」

おれは何もできずに倒れこむ。

夜の至るところから、獣の遠吠《とおぼ》えが聞こえてくる。

Episode 3

マンさん

芽が出ているのを発見したのは、鉢《はち》に種をまいた翌日のことだった。
もう出た！
ぼくは興奮してすぐにその様子を観察する。
芽にはかわいらしい黄緑色の双葉《ふたば》がついていた。
すぐに観察日記に記録して、色鉛筆で絵を描く。
そのとき、どこからか小さな声が聞こえてくることに気がついた。
おんぎゃあ、おんぎゃあ……。
それは赤ちゃんの泣き声で、芽の根元の土の中から聞こえてきているようだった。
うわぁ！　お父さんが言ってた通りだ！
ぼくはその泣き声のことも、さっそく観察日記に書いておく――。

夏休みがはじまると、楽しい毎日が待っていた。
プールにセミ捕り、花火にキャンプ。

ソーメンを食べて、麦茶を飲んで、かき氷を食べて、ラムネを飲んで。

でも、考えるだけでゆううつになることもあった。

夏休みの宿題だ。

なんで宿題なんて出すんだよーと、ぼくは毎年ながら心の中でぐちをこぼす。

特に好きじゃないのが自由研究だった。

ぼくには研究したいことなんてないから、毎年テーマが決まらない。そうしてぐずぐずしているうちに時間だけが過ぎていって、お父さんやお母さんに手伝ってもらいながらなんとか最後の数日で片づける。そんなことを繰り返していた。

でも、今年はちがった。

夏休みがはじまってすぐ、お父さんがこんなことを言ったのだ。

「直哉《なおや》、自由研究のテーマは決まったか？」

ぼくが首を横にふると、お父さんはこうつづけた。

「今年は観察日記をつけるのはどうかな？」

でも、とぼくは口にした。

「去年も朝顔でやったよね……？」

「去年はやったたっていうか、自由研究をやってないことが途中で分かって、適当な日記を慌てて書いただけだろう？　まあ、その話は置いといて、今年は朝顔じゃなくて別のものを育てるんだ」

「別のもの？」

「マンドラゴラだよ」

なにそれ、と尋《たず》ねると、お父さんが教えてくれる。

「マンドレイクとも言って、人型の生き物みたいなものが地中に育つ植物だね。同じ名前で紫色の花を咲かせる植物もあるんだけど、それとは違って、昔から魔法とか錬金術《れんきんじゅつ》とかで使われてるやつなんだ。ひっこ抜くと叫んで、その声を聞いた人は気を失ったり命を落としてしまったりすることがあるんだけど、最近のマンドラゴラは誰でも簡単に育てることができるんだよ」

ぼくはとたんに心をひかれた。

魔法や錬金術という言葉にワクワクしたのだ。

「それに、マンドラゴラの栽培《さいばい》は命の大切さを学ぶことにもなるはずだよ。どうだい、やってみる？」

「やる！」

お父さんは微笑《ほほえ》むと、ポケットからビー玉くらいの一粒の種を取りだした。

「そう言うと思って、もう買っておいたんだ。これがマンドラゴラの種だよ」

ぼくはそれをお父さんから受け取ると、さっそく庭に出ていって植える準備をしはじめた。


マンドラゴラの芽はその日のうちにぐんぐん大きくなっていって、次の日の朝には大きな葉っぱが生い茂るほどになっていた。その葉っぱの根元のあたりの土からは、茶色いこぶのようなものものぞいている。

「すごい！　もうこんなになってる！」

さっそく日記に書いておかなきゃ！

そう思った瞬間だった。

突然、声が飛んできた。

「こんくらいは当たり前や。おれを見くびってもろたら困るわ」

ぼくは「えっ」と固まった。

いまのは誰の声だろう……。

慌てて周りに目をやったけど、どこにも人影は見当たらない。

空耳かな……？

首をかしげていたときだった。

また声が聞こえてきた。

「坊主、どこを見てんねん。こっちやこっち」

ぼくは声のしたほうに目をやった。

視線の先にあったのは、マンドラゴラの鉢植えだった。

その瞬間、お父さんから聞いていた話と、昨日の赤ちゃんの泣き声のことを思いだす。

もしかして……？

おそるおそる、ぼくは言った。

「これって、マンドラゴラの声……？」

すると、マンドラゴラの葉っぱがゆさゆさ揺《ゆ》れた。

「せや、おれがしゃべってんのや。まあ、土が邪魔《じゃま》で声はくぐもってしもてるけどな。これやと本来の美声が台なしやわ」

思わずぼくは、土の中に小さなおじさんが埋《う》まっている様子を想像する。

お父さんからは、たしかにマンドラゴラには人間みたいなものができると教わっていた。

でも、勝手に抱いていたイメージとはだいぶちがっている感じだった。

それに、とぼくはつぶやく。

「昨日は赤ちゃんだったのに……」

相手は不満そうに口にした。

「あんな、さっき言うたやろ？　見くびってもろたら困るっちゅうて。マンドラゴラは成人するまであっと言う間なんや。人間で言うたら、一日で三十歳くらい年とる感じやな。まあ、そのあとの成長はゆるやかになっていくねんけど。それで言えば、坊主、おれはもう坊主にとったら人生の先輩というわけや。ただ、先輩やというても安心しぃや。おれは後輩にはめちゃめちゃ優しいタイプやからな。けど、一応、呼び捨てだけはやめてもろとこか。親しき仲にもなんとやらやし」

そやけど、と相手はつづけた。

「ほしたら、なんて呼んでもらうんがええかなぁ。マンドラゴラさん、ちゅうのも長《なご》ぉて言いづらいしなぁ……せや、マンドラゴラからとって、マンさんってのはどうやろか。マンさん、マンさん、マンさん……いやいや、なかなかええやん。わるないやん。後輩にも慕われてそうな響《ひび》きやし、それでいてリスペクトもちゃんとされてる感じもにじみ出てるし。よし、それでいこ。おれはマンさんや。あっ、いま思いだしてんけど、そういや芸術家にマン・レイってのがおったよな。あの人も、おれとおんなじマンさんやんか。っちゅうことは、おれにもマン・レイの要素があるってことやん。えっ、おれってアーチストやったん？　なんや、急に創作意欲が湧《わ》いてきたわ！　いや、それは気のせいか。まあええわ。とにかく、坊主、改めてこれからよろしゅう頼むで」

ぼくは呆気《あっけ》にとられていた。

マンドラゴラって、こんなにしゃべるんだ……！

好奇心も刺激された。

土の中でマンドラゴラがどんな姿になってるのか、見てみたい……！

「ねぇ、マンドラゴラ」

「マンさんな」

「あっ、マンさん……マンさんはさっき、一気に三十歳くらいになったって言ってましたよね？」

「敬語は使わへんくてええで」

「えっと、じゃあ……あの、マンさんはもう収穫《しゅうかく》できるくらいの大きさになったってこと……？　だったらさ、土を掘ってマンさんのことを見てみてもいい？」

「あかんあかん、それはあかんわ」

「ええっ、なんで？」

土の中から、マンさんは答える。

「たしかにおれは急成長したわけやけど、収穫するにはまだ早いからや。まあ、おれはこの年にしてすでに円熟《えんじゅく》の境地《きょうち》に至ってしもてるよ？　やけど、こっからまだまだ、信じられへんくらいに磨《みが》かれていくねん。そうやな、少なくとも、あと三十日くらいは待ってもらわんと」

それにな、とマンさんはつづける。

「収穫するにしても、そう簡単におれを土から出せるとは思わんほうがええよ。抜くにしても掘るにしても、おれは土から出るときに絶叫するからな。なんで叫ぶんかとか、そういう野暮《やぼ》な質問はなしやで。とにかく、おれは叫ぶ。ほんで、その叫び声をまともに聞いたら、気を失ってまうか、最悪は死人さえ出るかも分からへん。もちろん、おれにとってはそんな知ったこっちゃないわけやけど、こっちにも良心ってもんがあるからな。おせっかいかもしれへんけど、おれを見たいんなら、それ相応《そうおう》の準備と覚悟をしてからにしときや」

「準備と覚悟……」

「そりゃ、どうしてもと言うんやったら、別にいますぐ見てもろてもええよ？　オススメはせんけど、世の中にはいろんな考え方があるからな。おれは優しい上に、自分と違う考え方を受け入れる懐《ふところ》の深さも持ち合わせてんねん。そやけど坊主。坊主は、いまおれの観察日記をつけてんねやろ？　ほならあかんやん、いま抜いたら。二日で終わってまうやん、その日記。まあ、それでもええと言うのなら、おれは止めへん。坊主の好きにしたらええ。どうする?」

ぼくは黙って考えこんだ。

マンさんがどんな姿をしているのかは、やっぱりすごく気になった。

でも、準備と覚悟が必要だということも、いま抜くと日記が二日で終わってしまうということも、そうだよな、と心の中でうなずいた。

「……ぼく、やめとく」

そう伝えると、マンさんは言った。

「賢明《けんめい》やな。坊主、覚えとき。賢明なんはええことや。賢さは、いつだって己を救う」

マンさんは、ひらひらと手を振るように葉っぱを揺らした。

ぼくは毎朝、観察日記をつけるためにマンさんのところに足を運んだ。多いときは一日のうちに何度も行って、マンさんとのやり取りを楽しんだ。

ある朝、庭に出てみると、マンさんはこんなことを口にした。

「あれっ、坊主やん。結局、来るんかい。あんまりに来《こ》んから、今日はもう来ぉへんのかと思てたわ。そやのに、なんですか? 坊主、ふつうに来てるやん。びっくりしたわ。来るなら来るで、LINEくらいしてくれよ」

いや、とぼくは反論する。

「まだ朝だし、いつもと同じくらいの時間だけど……」

「分からんやつやなぁ。まあ、ええわ」

マンさんはつづけた。

「そんなことより、肩が痛いわー、腰が痛いわー。つっら。きっつ。しんどっ」

「大丈夫……？」

心配して尋ねると、マンさんは言った。

「ウソやん。大丈夫？　じゃないねん。きみは天然ですか？　っちゅか、まさにいまこの瞬間にも痛みは増してくばかりやから答えをあえて示してしまうけど、土が固いねん。そんで、身体《からだ》が痛くなんねん。ほやから、もっとふかふかのええ土と早く入れ替えてもらえるか？」

「ええっ？」

ぼくは混乱してしまう。

「だけど、マンさんは掘りだしても引っこ抜いても叫んじゃって、大変なことになるんだよね……？」

「せやな」

「だったら土を入れ替えるなんて無理なんじゃ……」

マンさんは、はぁ、とため息をつく。

「ええか、坊主。そんなんじゃ、あかんねん。そんなんじゃ、社会では通用せぇへんねん」

マンさんは真剣な口調で語りはじめる。

「社会で求められるのはな、不可能を可能にしてしまえる人材や。やる前からできひんできひんと言うてるようなやつは、お話にならへん。そもそも、きみら人類は不可能に挑戦しつづけて、それを乗り越えて進歩してきたんやろ？　いつまでも空なんか飛べるわけないわと言うてたら飛行機はできてへんし、機械が人間に代わるわけないやんと言うてたらＡＩはできてへん。おれはな、坊主、きみには羽ばたいていってほしいねん。そのためには、まだ子供やからと坊主を甘やかすようなことはしたくないんや」

ぼくは、マンさんの言葉に心を打たれた。

たしかにそうかも……できないことに挑戦するって、とっても大事なことの気がする……。

ぼくは思う。

この言葉、ちゃんと日記に書いとかなくちゃ……！

でも、同時にこうも思った。

鉢の土をふかふかにしてほしいっていうのは、また少し話がちがうんじゃ……。

「……いい方法がないか、ちょっと考えてみるね」

ぼくはとりあえず、にごしておいた。

だけど、マンさんはすかさず口をはさんだ。

「いや、その感じは絶対にやらへんやつやん。行けたら行くっちゅて、最初から来る気なんかないやつやん。あー、えええええ、ええよ、言い訳はええって。そやけど、まじかー。やってくれへんのかー。でも、実際、肩も腰も痛いしなー。なんや足も痛なってきたなー。はー、ほしたら、もう自分でやるかー。うっわー、めんどくさっ。自分でやるしかないんかー。しんどっ。やりたなっ。いややわー」

その直後、マンさんはもぞもぞと動きはじめた。周りの土も、それに合わせて盛り上がったり下がったりする。

「マンさん、なにしてるの……?」

「耕《たがや》してるに決まってるやん。やるからには、ふわっふわにしてやるでぇ。やけど、もうしんどくなってきたー。明日ぜったい筋肉痛やー」

自分でできるんなら、最初からやってほしかったな……。

ぼくはそう思いながらも、心の中にしまっておいた。

あるときのマンさんは、夕方に見に行くと喉《のど》が渇《かわ》いたと訴えた。

「もうカラッカラやわ。せっかくの美声も出てこぉへんわ」

でも、とぼくは言う。

「さっき夕立が降ったよね？」

「坊主、勘弁してくれよ。雨なんか飲めるかいな」

「そうなの……？」

「ほなら聞くけど、きみら人間は雨水をそのまま飲みますか？　よほどの事情がないと、飲まへんやろ？　消毒せんと菌やらがうじゃうじゃおるからな。おれだって、それとおんなじや。蛇口の水やないと腹壊すわ」

ふつうの野菜とかとはちがうのかぁと、ぼくは思う。

これも日記に書いておかなきゃ……。

マンさんはつづけた。

「っちゅか、雨のせいでじめじめして気色悪いわー。気分まで湿《しめ》っぽくなってくるわ。なんや、ブルースでも歌いたい気分やな。えっ、坊主、ブルース知らんの？　ほんまに？　いっやー、そっかー、時代を感じるわー、それによってますますブルースな気分やわー。坊主、とりあえず、おれを風通しのええとこに移してくれんか？」

ぼくはうなずき、マンさんを鉢ごと庭の塀の上に移した。

ぼくは部屋に戻ったけれど、ブルースというやつなのか、その日は夜遅くまで哀《かな》しみを感じさせるマンさんの歌声が聞こえてきた。

一週間、二週間とあっという間に時間が過ぎていく中で、ぼくはマンさんにどうしても聞きたいことがあった。

なかなか言い出せないでいたけれど、ある日、思い切って尋ねてみた。

「あの、マンさん、ちょっといい……？」

「なんや、改まって。なんでも言うてや。っちゅうても、こういうときは、たいがいええ知らせやないねんけどな」

「えっと……その……」

ぼくはおずおず口にした。

「マンさんはもう少ししたら成熟《せいじゅく》するんだよね？　そしたら、収穫されて食べられるんだよね……？」

マンドラゴラは夏の終わりに収穫して、みんなで食べることになる。

それは、お父さんからも最初に言われていたことだった。

でも、ぼくはマンさんと話をつづけるうちに、そうなってほしくないという気持ちが強く芽生《めば》えてきていた。マンさんを食べるだなんて想像もつかなかったし、想像したくもなかった。

でも、マンさんはあっさり言った。

「せやで。あと二週間ほどで、おれは旬や。言うとくけどな、うっまいでぇ、おれは。もうな、激烈にうまい。うますぎて死ぬ。いや、死にはせんか」

マンさんは、いつもの調子で一人つづける。

「いや、坊主はいま、うっわ、こいつ自分でハードルを上げてもうてるやん。期待値あげてもうてるやん。黙っといたほうが食うたときのうまさが際立ったのにな。あーあ、かわいそ。ミスってもうてる。指摘してやろか。でも、手遅れやしな。ほな、ほっとこ。やけど、食うて微妙やったときのリアクションをこっちが用意しとかんといかんやん。うっわー、めんどくさー。とか、思たやろ？ それがなー、ちゃうねんなー。もうなー、おれはやすやすと、その想像の域を超えていってしまうねんなー。マツタケ？ トリュフ？ はんっ！ 申し訳ないけど、お話になりまへんな。おれを食うたらな、あまりのうまさにもう次から次へと頰《ほ》っぺたが落ちて、あたりは落ちた頰っぺたで足の踏み場もないほどになるよ。いや、それは違うか」

ぼくは適当にあいづちを打ちつつ、自分の正直な気持ちをぶつけた。

「あの、マンさん……ぼく、マンさんを食べることなんてできないよ……」

泣きそうな気持ちがこみあげてくる。

「夏が終わっても、ぼくはマンさんとずっと一緒に過ごしたい……観察日記が終わっても、いろんなことを教えてほしい……」

ぼくは強い意思をこめて宣言した。

「……やっぱりぼく、マンさんを食べないっ！」

マンさんは少しのあいだ、黙っていた。

やがて、口を開いた。

「ありがとなぁ……うれしいわ」

やけど、とマンさんはつづけた。

「食うてもらわんと、おれは成仏できひんわ」

「成仏？　どういうこと……？」

「ちまたには、おれらマンドラゴラは成熟したら勝手に地面から出て歩きだす、みたいな噂《うわさ》もあるみたいやねんけどな。実際のとこは全然ちがくて、おれらは自分で土から出ることができひんどころか、収穫されへんまま旬が過ぎたら土の中ですぐに腐《くさ》って死んでまうんや。こればっかりは努力してもあらがえへん、自然の摂理《せつり》でな」

マンさんは語る。

「というて、ほしたら収穫されたらそのあとも生きてられんのかというと、もちろんちゃうよ。抜かれて叫んだあとに、やっぱりすぐに死んでまうんや。つまりはな、おれは引っこ抜いても抜かんでも、どっちにしろ夏が終わったら死んでまう。おいおい、坊主、そんな暗い顔をしなや。世の中には受け入れなあかん運命ってのがあるんやから。っちゅか、想像してみ？　どっちにしても、おれの命は尽《つ》きることが決まってるんやで？　その覚悟も、生まれたときからちゃんとできてるんやで？　ほしたら、どうや？　おんなじ死ぬことになるんやったら、自分の命が無駄にならんと、うまいうまいと食うてもろたほうが幸せやとは思わんか？　まあ、考え方っちゅうのは人それぞれやから一概には言えへんし、おれの考えを坊主に押しつけるつもりもないよ。ただ、少なくとも、おれ個人としては、食うてもろたほうが断然ええ。幸せや、と言い切れる」

ぼくは何も言えずにうつむいた。

マンさんは言葉を重ねる。

「おいおいおいおい、なに深刻な顔になってんねん。気まずっ。あんな、坊主、よぉ考えてみ？　きみら人間は、そもそもよそ様から命をいただかんと生きていけへん存在なわけやろ？　坊主も例外やないっちゅうのは、言うまでもない。ええか坊主、生きるということは命をいただくということなんや。感謝の気持ちは当然持たなあかんけど、食うというのはなんも悪いことやあらへんねん」

「でも……」

ぼくはなんとか口にした。

「ほかのものを食べるのとは、なんかちがう気がして……」

「なるほど、坊主は情が湧いてきてもうてるねんな」

「情……？」

「おれへの愛や。ほんで、残酷《ざんこく》やと思てしもてるねん」

マンさんは言う。

「まあ、それはそれで、うれしいことではあるけどな。気持ちも分からんでもないし、実際、残酷やから動物は食べへんという考え方もあることやし。まあ、おれ自身は動物やのうてれっきとした植物なわけやけど、ただでさえ植物を食べるんも残酷なことなんやないかという難しい議論もある中で、おれには考えれたりしゃべれたりするという意味で動物みたいなとこがあるから、余計にややこいんやろなとは思うわ」

ただ、とマンさんは言葉を継いだ。

「いずれにしても、おれは自分を食うてほしいと、心の底から願ってる。ぶっちゃけな、マンドラゴラの中には人間なんかに食われたない、地中で死にたいというやつもおるんやわ。やけど、おれ個人の願いとしては、天からもろたこの命をしっかり次へとつなげたいんや。というても、最後は坊主の判断を尊重するから、安心しぃや。その前に、こっちの考えだけはちゃんと伝えとこと思てな。坊主がよぉ考えて出した結論やったら、おれはどんなもんでも受け入れるつもりや。返事は今すぐやなくてええよ。とにかく、任せたで」

マンさんはそう言って明るく笑った。

ぼくの中ではいろんな考えが渦を巻いていた。

ふだんの自分は、何の考えもなくいろんなものを口にしている。牛、豚、鶏、魚、野菜……それってぜんぶ、大事な命をいただいてるってことなんだと、今更ながら強く感じた。食べ物は、スーパーに並んでるだけのただの「物」なんかじゃない……。

そんな当たり前のことにも気づかされる。

お父さんの言葉もよみがえってきた。

――マンドラゴラの栽培は命の大切さを学ぶことにもなるはずだよ。

でも、とぼくは泣きたくなる。

マンさんを食べることなんてできないよ……どうしたらいいんだろう……。

そのとき、マンさんが「あっ」と口を開いた。

「大事なことを言い忘れてたわ。こっちから食うてほしいと希望を出してるからちゅうて、手加減はできひんから覚悟しといてな」

「なんのこと……？」

「忘れたとは言わせへんで。絶叫や。抜かれるときにおれが叫ぶことは変わらんからな。そりゃ、おれも坊主に情が湧いてきてなくもないから、できるもんなら手加減してやりたいで？　やけど、残念ながら、これはおれの意思とは関係のないＤＮＡレベルの話なんやわ。やから、ちゃんと頭をつこて、それ相応の対策をしといてくれよ。おれの叫びをまともに受けて坊主になんかありでもしたら、共倒れになってまう。坊主も抜き損、おれも抜かれ損。しっかり頼むで」

不安はますます強くなる。

まだ食べる覚悟も決まってないのに……。

マンさんはまた「あっ」と言った。

「命の話のくだりは図《はか》らずも名言ばっかり飛びだしてもたから、ちゃんと日記につけときや」

ぼくは小さくうなずくので精一杯だった。

もやもやしたまま時間だけが過ぎていく中、マンさんは相変わらずだった。

ある朝、いつものように庭に出ると、マンさんは大声で話しかけてきた。

「やっと来たやん！　はよはよはよ！　はよ！」

何事かと思って、ぼくは大急ぎで駆《か》け寄った。

「どうしたの!?」

「ああっ！　かゆいかゆいかゆい！　かゆすぎや！　はよ！」

「ええっ？」

「ああっ！　はよしてよ！　葉っぱの裏で、ちっちゃい虫がもぞもぞしてるんや！　かゆぅてかなわんわ！　あっ！　かと言って、農薬だけはやめてくれよ！　身体に悪いし、おれは無農薬主義なんや！　とにかく、はよして！」

慌ててマンさんの葉っぱをかきわけると、一枚の葉っぱに数匹のアブラムシがいるのを発見した。

「かゆいかゆいかゆい！」

ぼくはすぐに手で取った。

取り終わっても「かゆいかゆい」と騒いでいるマンさんに、ぼくは言った。

「もう全部いなくなったよ……？」

「えっ?」

マンさんはしばらくのあいだ静かになって動きを止めた。

「ほんまや。全然かゆないやん。っちゅか、退治《たいじ》したなら教えてくれよ。恥《は》っず。おれ、踊らされてるやん。勘弁してくれよ」

感謝どころかぶつぶつ言うマンさんに、ぼくは思わず笑みがこぼれた。

あるときは、庭に出るなりお腹《なか》が空《す》いたと声を上げた。

「おれにもアレをくれよ。さっき、そこのヒマワリに坊主のオカンがうまそうな緑のやつをさしてったで。おんなじやつが、おれもほしいわ」

近くの鉢に目をやると、活力剤の緑のアンプルがさされていた。ぼくはお母さんにお願いして、同じものをもらってきた。

マンさんの鉢にさしてあげると、緑の液体はすぐにどんどん減りはじめる。

「これこれ、これやで。満たされるわぁ、みなぎるわぁ……」

あっという間にカラになると、マンさんはもっとくれと催促した。

「そんなに飲んで大丈夫なの……?」

「むしろ、ぜんぜん足りひんくらいや。自分がうまなるために、おれは栄養をたっぷりとらんといかんからな。いや、いまのままでも、おれのうまさは神がかってんで?　うますぎて、おれを食うたら頬っぺたが落ちまくってしまうほどや。あっ、その話は前にもしたか。それはええねん。肝心なんは、おれはここで満足したないってことや。満足したらそこで終わりやからな。成長は止まって、あとは落ちてく一方なんや。これは人生においても大事な考え方やから、坊主におれから贈らしてもらうわ。えっ？　似たような言葉を聞いたことがある気がする？　いやいやいやいや、それは完全に気のせいやで。これはおれのオリジナルの名言やからな。日記に書くときは、ちゃんと出典を明記しといてくれよ」

マンさんは二本、三本と、家にあったアンプルをぐびぐびとぜんぶ飲んでしまった。

毎日はあっという間に過ぎ去って、夏休みもとうとう残り二日になった。

マンさんからは、少し前に収穫の日を指示されていた。

それがちょうど明日――夏休み最後の日だった。

収穫を翌日に控えて、ぼくはいつものようにマンさんのもとを訪れた。

ぼくが天気の話をしていると、マンさんが言った。

「なんや坊主、今日はえらい会話がふわふわしとんな」

いや、とマンさんはつづけた。

「それはおれもおんなじか。明日のこと、なんや意識してもうてるなぁ……」

それきり、ぼくもマンさんも口をとざす。

「……ほんで、決めたんか？」

沈黙を破ったのはマンさんだった。

「坊主なりの結論っちゅうのは、ちゃんと出たんか？」

ぼくはゆっくりうなずいた。

「ほな、聞かせてもらおか」

促されて、ぼくは勇気を出して口を開いた。

「マンさん……ぼく……」

「おう」

「……食べさせてもらうことにした」

決意をこめて、ぼくは言う。

「あれからいっぱい、いろんなことを考えたんだ……命のこととか、生きることとか、死ぬこととか……もし自分がマンさんの立場だったらどうなんだろうって考えたり、ほかの人だったらどうするんだろうって考えたり……お父さんとお母さんにも相談してみた。でも、二人からも自分で決めたらいいって言われて。観察日記も何度も何度も読み返して……」

ぼくは日記を取りだした。

ページを開くと、マンさんがぼくにくれた、たくさんの言葉が詰まっている。

「マンさん、前に言ってたでしょ？　天からもらったこの命を、しっかり次につなげたいって。ぼく、その気持ちにこたえたいって、心の底から思うようになったんだ。ありがたくマンさんの命をいただいて、一生懸命ぼくが生きていくことが、いろんなことを教えてくれたマンさんへの一番の恩返しになるんじゃないかって……だから、ぼく、食べさせてほしい。マンさん、どうかお願いします」

ぼくはマンさんに向かって頭を下げた。

「ははっ、なにをかしこまってんねん」

マンさんは笑った。

「しかし、恩返しとは大きく出たな。おれへの恩がそない簡単に返せるかい。やけど、まあ、気持ちだけは受け取ったるわ。ありがとな」

「マンさん……でも、やっぱりぼく、お別れするのは……」

「はい！　やめやめ！　やめや！」

マンさんは大きな声を出す。

「湿っぽいのはやめや！　これで終わり！　明日を迎えて食うてもろて終了や！　おれも坊主も、それでハッピー。最高やん！　っちゅか、泣くなよ！　それは反則やで！　おい坊主、泣くな！」

「でも……」

「でもやないねん！　すっきり爽《さわ》やかにいくんが、おれのポリシーなんや！」

そのとき、ぼくは気がついた。マンさんが鼻声になっていて、全身も震えていることに。

「あの、マンさん……」

「なんや！」

「もしかして、泣いてる……？」

「そんなわけあるかっ！」

マンさんは鼻声のまま反論する。

「おれは坊主と別れることに何の未練もないねん！　この一か月が案外楽しかったなぁとか、そんなことは一ミリも思てへんで！　できることなら坊主とまだまだ一緒におりたかったわ、とか、坊主の将来をもうちょい見守ってみたかった、とか、ないないない！　いつかふとしたときにおれのことを思いだしてくれたらええな、とか、そんなきっしょい考えもよぎったことすらないからな！　ええか、坊主！　絶対に勘違いするなよ！　ありえへん！　分かったか⁉」

マンさんの言葉は、途中からよく聞こえていなかった。ぼくの頬には熱いものが次から次へと流れてきて、鼻水も止まらなくなっていた。

でも、なんとかぼくは口にした。

「分かってるよ！　そんなの、分かってる！」

ぼくたちは時間を忘れて、いつまでも肩を震わせつづけた。


夏休みの最終日がやってきた。

ぼくは起きて準備をすると、お休みだったお父さんと一緒に庭に出た。

引き抜くときのマンさんの叫び声への対策は、自分なりに考えた。

耳栓《みみせん》しかない。

そう思い、ぼくはティッシュをぎゅうぎゅうに固めて耳栓を作っていた。

「それじゃあ、マンさん……そろそろ抜くね」

マンさんは軽い口調で答えてくれる。

「いつでもええよ。けど、対策はできてんねやろな？　なにがあっても知らんで？」

「大丈夫！」

「ほなら、頼むわ。いい感じに抜いてくれよ」

「うん！」

そのとき、ぼくはお父さんの存在をすっかり忘れていたことに気がついた。

隣を見ると、お父さんは耳に何もしていなかった。

危なかった！　マンさんの声が直撃しちゃうところだった！

ぼくは慌てて、叫び声のことをお父さんに伝えた。

すると、お父さんは笑って言った。

「いや、大丈夫だから気にしないで」

「ええっ？」

本当に大丈夫なのかと、不安になって何度も聞いた。でも、お父さんは大丈夫だとしか言わなかった。

「それなら、やるよ……？」

ニッコリうなずくお父さんを横目に、ぼくはマンさんと真正面から向き合った。

「マンさん、行くね！」

「おう！　行ってまえ！」

ぼくは耳栓をぎゅうぎゅうに詰めると、耳を折りたたんでテープで留めた。

そうして、マンさんの茎《くき》に手をかけた。

ぐっと力をこめて、一気に引き抜く。

すぽんっ――。

あっさり抜けたマンさんが、ぼくの目の前に現れた。

マンさんはひょろりと、手足が生えた根っこというような姿をしていた。

そのマンさんは口を大きく開けていた。心の声が聞こえてくる。

――叫ぶど！　覚悟しぃや！

でも、その直後、マンさんは目を丸くした。

あれっ？

何が起こったのか信じられない。マンさんは、そんな表情をしたまま固まった。

そして、その状態は長くはつづかなかった。すぐにマンさんはぼくの手の中でぐったりして動かなくなった。

呆然《ぼうぜん》としていると、お父さんが耳栓を外すようにジェスチャーをした。

「ほら、大丈夫だったろう？」

「お父さん、平気だったの……？」

「平気も何も、このマンドラゴラは叫んでないよ。というか、叫べないからね。直哉の育てたマンドラゴラは、安全に栽培できるようにゲノム編集で遺伝子を書き換えて、引き抜くときに叫ばないようにされたものなんだ。じゃないと、危なくてお父さんも直哉に栽培をすすめたりできないよ」

　ぼくは言葉を失った。

　マンさんの声がよみがえる。

　――おれの叫び声をまともに聞いたら、気を失ってまうか、最悪は死人さえ出るかも分からへんのや。

　ぼくは手の中で命を失ったマンさんを眺めつづける。

「さあ、ちょっと早いけど昼ごはんにしよう」

　お父さんが口にした。

「腕をふるって料理するから、直哉は楽しみに待っててな」

　お父さんはぼくからマンさんを受け取ると、さっさと一人で行ってしまった。

　料理ができるまでのあいだ、ぼくは複雑な気持ちを抱えたままお母さんと一緒にテーブルで過ごした。

　お母さんは、こんなことを教えてくれた。

　お父さんは学生時代に、創作料理のお店でバイトをしていたことがあるらしい。そのお店ではマンドラゴラ料理を出していて、キッチンで働くうちに、お父さんはマンドラゴラをさばけるようになった。マンドラゴラは栄養がたっぷりなので、ぼくがお腹にいるときも、お父さんはときどきお母さんにマンドラゴラ料理を作ってくれていたのだという。

「よし、できたぞぉっ」

お父さんがやってきて、テーブルにお皿を並べた。

「スープにからあげに、雑炊《ぞうすい》だっ！　マンドラゴラは植物だけど肉みたいな食感だから、肉の代わりに使えるんだ。けど、肉よりも栄養があって、何よりうまいぞぉ」

マンさんの声が、またよみがえる。

――うっまいでぇ、おれは。もうな、激烈にうまい。

ぼくは心の中でつぶやいた。

それじゃあマンさん、食べさせてもらうね。

ぼくたちは手を合わせて、みんなで言った。

「いただきますっ！」

最初は、マンさんのからあげから食べてみた。

どんな素晴らしい味なんだろう……？

でも、ひと嚙《か》み、ふた嚙みするうちに、ぼくは「あれ？」と首をかしげた。そのまま雑炊も食べてみる。スープも飲む。たしかめるように、またからあげを口に運ぶ。

横では、お父さんもお母さんも「おいしい！　おいしい！」と声をあげていた。

本当に……？

ぼくは疑う気持ちがふくらんでいく。

どっちかって言うと、あんまりおいしくないような……。

そのとき、頭の中にとつぜん声が響いてきた。

「どうや坊主、うまいか？　いや、気ぃつかわんでもええよ。その様子やと、ピンと来てないようやな」

それはマンさんの声だった。

マンさんは笑いながら、こう言った。

「ええか、坊主、これが大人の味っちゅうやつや。おれという食材には人生が詰まってるんやわ。人生というのは、なかなかにほろ苦いもんでな。この味が分かるようになったら、大人になった証《あかし》や。ええか、坊主。坊主も、おれの味が分かるような立派な大人になるんやで。まあ、最後の最後にちゃんと叫ばれへんかったようなやつが、えらそうなことは言えんけどな」

声はそこで途切れてしまい、それきり聞こえることはなかった。

いまのが本当の最後の言葉だったんだ……。

それがなぜだか、自然に分かった。
ぼくはマンさんに向けて、心の中で強く誓《ちか》った。
いつかきっと、立派な大人になってみせるね――。
でも、その前にやるべきことが、ぼくにはあった。
マンさんの無念を晴らすことだ。
ぼくは大きく息を吸いこむ。
そして、一気に吐きだした。
「マンさんっ!! ありがとぉぉぉっ!!」
叫べなかったマンさんの代わりに、ぼくは力の限りに絶叫した。
お父さんとお母さんはぼくの叫びをまともにくらい、気絶しそうに白目をむいた。

Episode 4

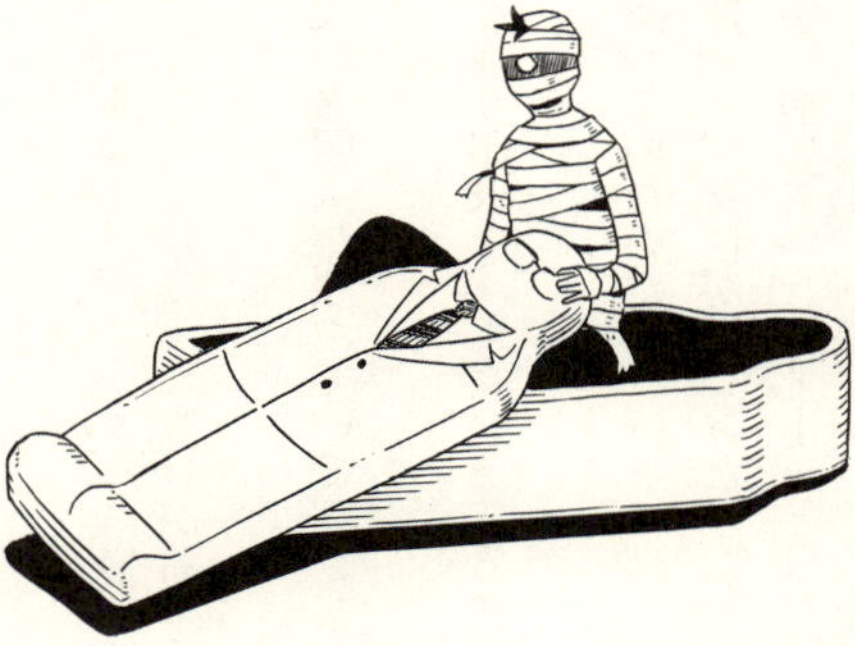

包帯の屍《しかばね》

マンション名をたしかめると、私はエントランスのインターフォンで部屋番号をプッシュした。しばらくすると女性の声が聞こえてきて、こちらが名乗るとオートロックが解錠された。

廊下にもエレベーターにも高級な雰囲気が漂っていて、さすが一等地のマンションなだけあるなぁと思わされる。

でも、予想していたのとは全然違う印象に、正直なところ戸惑いもなくはなかった。

廃墟《はいきょ》のような怪しげな場所。

一方的に、そんなイメージを持っていたのだ。

部屋の前まできてチャイムを押すと、女性が出てきた。女性はどこにでもいそうな四十代くらいの人物で、それもまた勝手に抱いていたイメージとはだいぶ違った。

「お待ちしておりました。どうぞ、お上がりになってください」

私は出してもらったスリッパを履《は》いて、女性のあとにつづいて一室に入る。

促されてソファーに座ると、緊張はおのずと高まってきた。

女性が正面に腰をおろして、口を開いた。

「さっそくですが、まずはお話を伺いましょう。ご相談はどなたのことで？」

ひと呼吸を置いて、私は言った。

「夫です……」

「それはそれは」

女性は心の底から気の毒そうな表情になる。

私はついつい夫のことを女性に聞いてもらいたくなって、思わず言った。

「とても優しい人だったんです……」

そう口にした瞬間に、動悸《どうき》がしてきた。呼吸も浅くなってきて、言葉に詰まった。

そんな私に、女性はすかさず助け船を出してくれた。

「おつらいようでしたら、無理にお話しにならなくても構いませんよ。すぐに段取りの話に入らせていただいて何の問題もありませんので」

穏やかな口調が心にしみわたってきて、安心感に包まれる。

私は深呼吸を繰り返して、なんとか心を落ち着かせた。

「いえ、大丈夫です……もしご迷惑でなければ、ぜひ聞いていただきたくて……」

「もちろん、迷惑などではありません。お聞かせください」

「ありがとうございます……」

私は、ぽつりぽつりと口にする。

「夫と出会ったのは、社会人になって三年目のときでした……友達が誘ってくれたパーティーで知り合って、やり取りをするうちに惹《ひ》かれていって……付き合うようになるまで、そう時間はかかりませんでした」

一度話しはじめると、当時のことが次々と頭の中に浮かんでくる。

「デートのときも彼はやっぱり優しくて……いつも私のリクエストを聞いてくれて、いろいろ調べてプランを練ってくれるんです。そのデートの最中も私のことをよく見ていてくれて……履きなれてない靴を履いていったときには靴ずれにすぐに気づいてくれて絆創膏《ばんそうこう》を買ってきてくれたり、仕事で寝不足なのを隠して待ち合わせ場所に行ったときには顔色がよくないってお部屋デートに切り替えてくれたり……」

夫との思い出は次々に浮かんで、言葉がどんどんあふれてきた。とりとめのない話にも女性は微笑《ほほえ》みながら静かに耳を傾けてくれて、そのことも長々と話しつづけてしまった理由のひとつだった。

「夫はサプライズが好きな人でもありました……」

そのいろんなシーンもよみがえり、女性に話した。

付き合って一か月の記念日には、私の好きな花を花束にして贈ってくれた。誕生日には、チケットをこっそり取ってクルーズディナーに誘ってくれた。一緒に過ごす三回目のクリスマスには、見晴らしのいい高級レストランでいきなり指輪を取りだしてプロポーズをしてくれた……。

いつからか、私の視界はにじんでいた。鼻水も止まらなくなっていた。

女性はハンカチを渡してくれて、隣に座って背中を優しくさすってくれた。

「幸せだったんですね」

女性の一言は胸に響《ひび》いて、私は嗚咽《おえつ》をこらえながら何度も何度もうなずいた。

気持ちが落ち着いたのは、少したってのことだった。

「すみません、取り乱しまして……」

頬をぬぐいながら伝えると、女性は首を横に振った。

「当然のことですから、なにもお気になさらないでください。ここに来られる方は、みなさんおひとりおひとりが深い哀《かな》しみを抱えていらっしゃるものですから」

その言葉で、そうだった、と私はここに来た目的を思いだした。

肝心なことを聞かないと……。

勇気を出して、女性に尋《たず》ねた。

「あの、ここに来ればミイラにしていただけるって聞いたんですけど……本当でしょうか」

女性は力強くうなずいた。

「もちろんです。私はそれを生業《なりわい》にしておりますので」

よかったと思うと同時に、プロの自負《じふ》がにじんだ口調に心強い気持ちにもなる。

それでも、聞かずにはいられなかった。

「ですが、ミイラなんてどうやって……」

女性は快《こころよ》く答えてくれる。

「鍵となるひとつが、肉体の保存術です。古代エジプトのミイラのことはご存じですか？」

「ええ、なんとなくは……」

私はいつか見た写真を思いだす。

それは全身を包帯に覆《おお》われたミイラで、乾燥して黒っぽくなった状態で棺《ひつぎ》の中に横たわっていた。

関連したイメージも浮かんでくる。

ピラミッド、スフィンクス、ツタンカーメンの黄金のマスク……。

怖くもあるけど、神秘的。

そんな気持ちに包まれる。

女性は言う。

「私の行っている肉体の保存術は、基本的にはその古代エジプトで培《つちか》われた技術がベースになっています。内臓を取りだして身体《からだ》が腐《くさ》らないように処理をして、最後に乾燥させてミイラ化させる方法ですね。実際はそれだけではなく、世界各国のミイラからもヒントを得たりしていますけれど」

「ミイラって、エジプトだけの文化じゃないんですか……？」

「そうですね。形はさまざまですが、たとえば古代アンデスにはエジプトよりも昔からミイラの文化があって、世界最古のミイラも見つかっています」

「そういえば、日本にも即身仏《そくしんぶつ》がありますね……」

「まさにミイラのひとつと言えるでしょう」

女性はつづける。

「ただ、この肉体の保存術はあくまで第一段階です。ここまでですと器が完成するだけで、かつて復活を信じて実現には至らなかったエジプトの王たちと変わりませんから。そこでもうひとつの鍵となるのが、その器に魂を宿す技術、つまりは降霊術《こうれい》です。これについても私は世界中をめぐって、シャーマンやネクロマンサー、魔術師やイタコなどを研究しました。この二段階目をへて、ようやく私の理想とする存在──生きた屍《しかばね》としてのミイラが完成するわけです。私はミイラ人間と呼んでいますが」

「ミイラ人間……」

もちろん私は、それを知った上でここに来た。ネットで検索するうちにある掲示板にたどりついて、同じような境遇《きょうぐう》の人たちから内密に教わっていた。

が、いざ女性の口からその言葉が出てくると、緊張がぶり返してきて心もひどくざわめいた。

「そう不安に思われなくても大丈夫ですよ」

こちらの心を読んだように、女性はやわらかな笑みを浮かべた。

「お気持ちは分かります。ここにいらっしゃる方は、みなさん冷やかしなどではないとは言っても最初は半信半疑であったり、この場にいらして改めてためらう気持ちを持たれたりするものですから。もちろん、話を聞いてやっぱりやめておこうということでしたら問題なくおやめいただけますのでご安心ください。ただ、ためらいながら決断されたような方にも、ミイラ人間となった故人と再会されたあとには例外なくご満足いただけています」

女性はこんなことも語ってくれた。

ミイラ人間として故人をよみがえらせることには、賛否が激しく分かれるだろう。特に賛否の「否」で言えば、そもそもミイラそのものに抵抗感を覚える人、生きた屍を作るという行為におぞましさを感じる人、冒瀆《ぼうとく》だと考える人など、いろんな人がいるはずだ。

それは当然であり、一定の理解もする。

けれど、否定的な声というのは、往々にして当事者ではない人から寄せられる。

「親、子供、恋人、友人……実際に大切な人を亡くされて絶望の渦中《かちゅう》にいる方にとって、話はそう簡単ではありません。そんな中、寄り添える手段を持ちながら、遺《のこ》された方たちの心身が弱っていくのを黙って見過ごす……そのほうが、私はよほどおぞましいことではないかと考えています」

女性の言葉に、おのずとうなずいている自分がいた。

「ミイラ人間は完璧ではありません。簡単な会話はできますが、それは日常生活に支障がないレベルであって、創造《そうぞう》的なことはできませんし、どこまで行っても生者に戻ることはありません。ですが、たとえ生きた屍であったとしても、ご遺族にとっては慰めになったり、改めて故人を送りだす心の準備期間をとることなどにつながり得る。私はそう信じて、この仕事を行っています」

女性の口調は終始穏やかだったけれど、私はそこから強い意思をたしかに感じた。

この人なら信頼できる……。

そう確信しつつ、不安も素直に口にする。

「すごく共感します。でも、周りからの視線に耐えられるかどうか自信がなくて……まさに当事者ではない人からひどいことを言われるんじゃないかって……」

「気にされるのは当然ですが、ご安心ください。そもそも、ミイラ人間はこの世を去った故人ですので、ご自宅から出さずに人目にさらさなければ問題が起こることはありません。ただ、どうしても一緒に外出したいというご希望がある場合や、新天地に引っ越して周囲を気にする必要がなくなった場合などはオプションをご用意しています。全身を覆う包帯の上から特殊メイクを施して、生前とそっくりに仕上げるという方法です。そのメイク術はハリウッド仕込みの最先端のものですので、クオリティーのことはご心配なく」

私は純粋に尊敬の気持ちが湧《わ》いてきた。

肉体の保存術、降霊術、メイク術……それぞれの分野を独自に極めるだけでも大変だろうに、プロ意識を持ってすべてを身につけ、哀しみを抱える人たちの力になりつづけている。

かっこいいな、と胸を打たれた。

そうして私は、ようやく決意を固められた。女性の生き様に背中を押されたことも大きかった。

「……じつは、今日伺ったのは故人のことじゃないんです」

私は女性に切りだした。

「ここに来たのは、故人でなくともミイラ人間にしていただけると聞いたからなんです」

「なるほど」

女性は表情を変えずに言葉を継いだ。

「よろしければ、詳しくお聞かせいただけますか？」

「夫は優しい人でした……結婚して少したつまでは」

私は正直に打ち明ける。

夫が優しかったのは最初だけだったということを。

結婚してしばらくすると、夫は少しずつ本性を現しはじめた。自分のことばかりを優先するようになり、こちらを気づかってくれることもなくなった。それどころか、八つ当たりで怒鳴ることが増えていき、ついには暴力までふるいはじめた。

一度目のときはケンカの延長で思わず手が出たという感じだったし、夫もすぐに謝ってくれた。でも、ケンカのたびに夫の言動はエスカレートして、気にくわなければとつぜん手を上げるようにもなっていった。

「人前では、相変わらずいい人を装《よそお》ったままなんです。だから、私に何かをするときも、周りには分からないように見えづらいところをわざと狙って」

私は服をめくりあげる。たくさんのあざが現れる。

いつもの光景がフラッシュバックして悪寒が走る。

それでも、なんとか絞りだす。

「身内や友達に話そうって何度も思いました。でも、もし言ったらどうなるか想像してみろって脅《おど》されて、誰にも相談できなくて……最近はお酒も加わって命の危険を感じるようになって、私も限界を超えてしまって……ここのことを知ったのは、そんなときだったんです」

私は毎日、自分と同じような境遇の人を探してネット上をさまよっていた。そして、たまたまたどりついた裏の掲示板でここのことを教えられて、藁《わら》にもすがる思いで足を運んだ。

「おつらかったですね」

間髪《かんはつ》をいれずに女性は言った。

「ご依頼、お引き受けいたしましょう。おっしゃる通り、私が対象としているのは故人だけではありません。別メニューとして、生者をミイラ人間化させる仕事も請け負っています。裏の社会で学んだ暗殺術をもってして」

女性はつづける。

「この別メニューが通常メニューと大きく異なっている点は、ミイラ人間にしたあとも以前と同じように社会生活を送らせなければならないことです。急に消えてしまったら、さすがに騒ぎになりかねませんので。そこで役に立つのが先ほどお伝えしたメイク術で、しっかり特殊メイクを施せば周囲に発覚する心配はまずありませんし、簡単なメイク術は後ほどお教えしますので、ちょっとしたメイクの崩れはご自身で対応していただけます。さらに、もしご希望であればワンランク上のメイク術をお伝えするプランもありまして、そちらを習得していただければ、ミイラ人間には人前に出るときにだけ特殊メイクを施して、家ではそれを取ってしまうなどということが可能になります」

「わざわざメイクを取るんですか……？」

「ええ、特に顔についてのことなのですが、たとえ他人は特殊メイクで作られたものに違和感を覚えなくとも、事情を知る身からすれば包帯を巻いた顔よりメイクで似せた顔のほうがかえって不気味に感じる場合がありますからね」

「なるほど……」

感心しつつ、私は尋ねた。

「でも、ミイラ人間には難しいことができないんですよね？　というのも、今回のことで夫の保険金を申請するわけにもいきませんので……今後、夫の収入がゼロになるなら、ある程度の準備期間が必要だなと思いまして……」

その準備ができるまでのあいだは、いまの地獄《じごく》のような日々がつづく……。

絶望しそうになっていると、女性が言った。

「もちろん、ミイラ人間になれば能力は落ちて、それまでと同じような複雑な仕事はできなくなります。ですが、単純作業のようなことはできますので病気などの理由をつけて職場に理解を求める手もありますし、それがうまくいかなくとも、転職を視野に入れればミイラ人間にもそれなりに稼ぐ力は十分あります。その点が、単に殺すのではなく私がミイラ人間化を推奨している理由です。殺すだけでは、おっしゃるように経済的に困窮する場合がありますからね」

「それじゃあ、基本的には今くらいの生活のままで、夫だけがミイラ人間に変わるんですね……？」

「そういうことです」

女性の笑顔に、私は心の底からホッとする。

そのあと提示された料金は、金額的には安くはなかった。でも、夫の貯金も含めれば払えない額ではなかったし、何よりこの状況を抜け出せることに比べると料金なんてどうでもよかった。

そうして私は女性に正式にお願いして、夫の職場への連絡などの今後の段取りを話し合った。

すべてが決まると、女性が言った。

「では、決行は今夜ということで」

その瞬間、私は肩の力が一気に抜けた。

ああ、ようやく解放される……。

半ば放心状態になっていると、女性が声をかけてくれた。

「気が張りっぱなしで、少しお疲れになったんじゃないですか？　よろしければ、お茶でも飲んでいってください」

そう言うと、女性はテーブルの上の呼びだしベルをチリンと鳴らした。

やがて部屋の扉がノックされて、誰かが中に入ってきた。

そのとたん、私は言葉を失った。

入ってきたのは、全身が包帯に包まれたミイラ人間だったのだ。

「夫です」

女性の紹介にミイラ人間は頭を下げつつ、テーブルの上にカップを置いた。

固まる私に、女性は言う。

「私の仕事が軌道に乗りはじめた頃に、うちの夫は会社をクビになりまして。それだけならまだしも、再就職もしようとせずに家でダラダラ過ごしてばかりで、そのくせ文句だけは一人前なんですよ。もう本当にうんざりして、顔も見たくなくなって。そんなときに、ひらめいたんです。いっそ、ミイラ人間にしてしまえばいいじゃないかと。ちょうど仕事のアシスタントがほしいなと考えていた時期でもあったので、私はすぐに実行しました。じつは別メニューが生まれたのはこの一件がきっかけで、私も実体験があるからこそ胸を張ってみなさまにメニューをオススメできるわけなんです。ミイラ人間はいいですよ。生前よりも、はるかに言うことを聞くようになりますし」

それに、と女性は微笑んだ。

「包帯が覆い隠してくれるおかげで、見たくもない夫の顔を見なくてよくもなりますから」

Episode 5

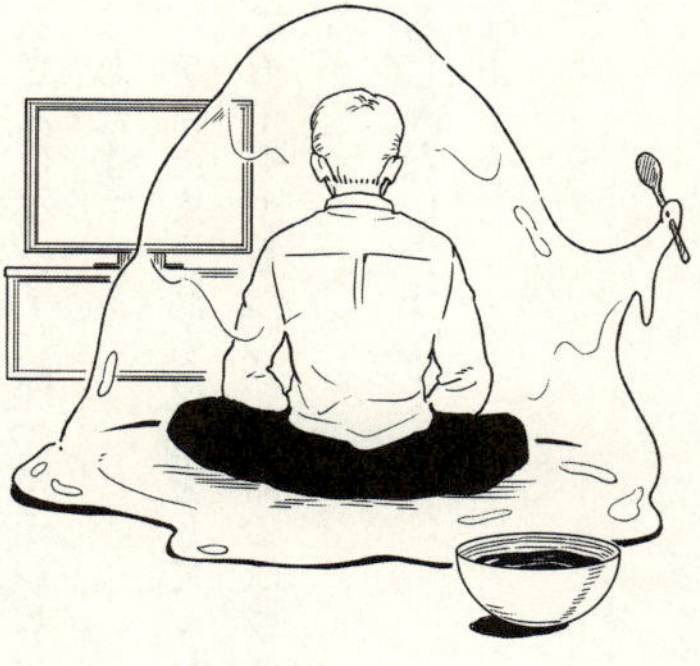

銀の相方

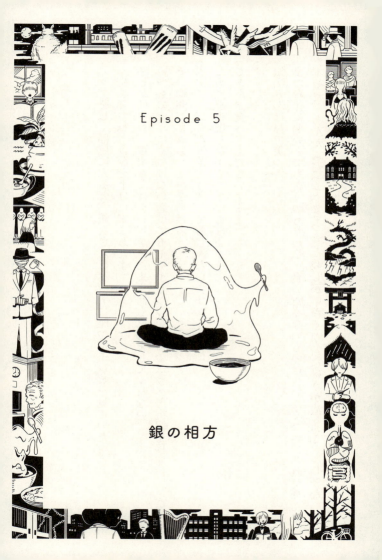

ノックをして部屋に入ると、銀次《ぎんじ》さんはベッドに座ってテレビを見ていた。

「失礼しますね。食器を下げに来ましたよ」

話しかけるも、銀次さんはテレビを見たまま何も反応をしてくれない。

いつものようにそっけない態度にモヤモヤしつつ、食器のほうへと視線を移す。

その瞬間、私はあっと声をあげる。

「銀次さん、また野菜だけ残してるじゃないですか！」

ため息を我慢しながら、私はこぼす。

「ちゃんと食べてくださいよ……」

「はっ」

銀次さんは鼻で笑った。

「また身体《からだ》に悪いとでも言うつもりか？　食いたくないものは食いたくない。それで死んでも本望だ。あんたらだって、さっさとわしがいなくなったほうが清々《せいせい》するんじゃないのか？」

意地の悪い言い方にムッとしつつも、私は言葉をぐっと飲みこむ。

「そんなことをおっしゃらずに……そうだ、たまには気分転換に、みなさんと一緒に召し上がってみるのはどうですか？」

「ほかのやつらとつるむ気はない」

そう言って、銀次さんはこちらに向かって手を払った。

「ほら、行った行った。うるさくてテレビが聞こえんわ」

仕方なく、私は部屋をあとにする。

なんだかなぁ……。

モヤモヤした思いはいっそう募る。

声をかけられたのは、事務室に戻るために食堂のそばを通りすぎたときだった。

「あらあなた。浮かない顔してどうしたの？」

振り向くと、入居者の一人の絹江《きぬえ》さんがそこにいた。

「もしかして、銀次さんがまた何か？」

私が苦笑いを浮かべていると、同じ入居者の五郎《ごろう》さんや遼太郎《りょうたろう》さんもやってきた。

「まあ、あの人は気難しいからなぁ」

「あんたも仕事とはいえ大変だな」

絹江さんたちはつづけて言った。

「もし私たちで力になれることがあったら、遠慮せずに何でも言ってね」

「あんな人でも、仲間だからな」

「おんなじ身寄りがない同士でもあることだしな」

温かい言葉になぐさめられつつ、ありがとうございます、と口にする。

「とっても心強いです……」

がんばって笑顔をつくると、私は事務室へと戻っていく。

銀次さんは、私がこのホームに勤めはじめて少したって入ってきた方だった。

いつも難しい顔をしていて、誰が接しても何かと意地の悪いことを口にする。これといった趣味もないようで基本的には一日中テレビを見て過ごしているけど、ときどき私を呼びつけて不満を言ったり、たまに行事やイベントに出てきてくれたと思ったら、ほかの入居者の方と決まってトラブルを起こしたりする。

うちのホームには身寄りがない方が少なくなくて、話し相手は私たち職員か同じ入居者の方に限られるケースも多かった。絹江さんも五郎さんも遼太郎さんもそんな一人で、だからこそ、というのは安直だけど、入居者の方たちはお互いを大切にしながら楽しく一緒に暮らしていた。

でも、銀次さんはその輪に加わろうとはしなかった。

もちろん、みんなと一緒にいることは義務じゃないし、中には一人の時間を優先している方もいる。ただ、そういう場合はその方もほかの方もお互いに相手を尊重し合って、トラブルに発展するようなことは一度もなかった。

その意味で、銀次さんのような人は私の知る限りではほかにおらず、いつも言動に悩まされるばかりだった。


事務室に戻って我慢していたため息をつくと、先輩から声をかけられた。

「どうしたの？　何かあった？」

「いえ、すみません……」

言葉をにごそうとしたけれど、先輩が察するほうが早かった。

「銀次さんかな？」

図星をさされて、私は思わずうなずいた。

「ええ……」

「なるほどねぇ」

先輩は少し考える様子を見せて、こう言った。

「何かきっかけでもあればと思ってたんだけど、そろそろアレの出番かなぁ」

「アレ、ですか……？」

「うん、うちが導入してるアニマルセラピーみたいなものがあるんだけどさ」

アニマルセラピーという言葉は、私も聞いたことがあった。動物と触れ合うことで心の癒《いや》しを得る方法だ。

それをうちが導入しているというのは初耳だったけど、試してみるのもいいかもしれないと直感的に私は思った。

その一方で、疑問も浮かんだ。

「どうやって触れ合ってもらうんですか？」

犬や猫を派遣してきてもらうのか、はたまた外出してこちらから会いに行くのか……。

「部屋で飼《か》ってもらうの」

私は、えっ、と困惑した。

「でも、動物は部屋では飼えない決まりでしたよね？　研修のときに、お世話も大変だし、ほかの方がアレルギーを持ってる場合もあるからって……」

「そう、動物はね。飼ってもらうのは動物じゃないの」

「どういうことですか……？」

「ちょっと待ってて」

そう言って、先輩はどこかに行って戻ってきた。

「はい、これを銀次さんにやってもらって」

「はあ……」

渡されたのは、いろんなものが入った袋だった。

先輩は中身について教えてくれた。が、それを聞いて、戸惑いはいっそう深まった。

そんな私の背中を、先輩はポンと叩《たた》いた。

「じゃ、がんばってね」

それだけ言って、先輩は私を送りだした。


「失礼しますね」

ノックをして部屋に入ると、銀次さんは相変わらずテレビを見ていた。

「なんだ？　さっきの野菜でも食わせに来たか？」

その言葉を聞き流して、私は袋を取りだした。

「銀次さん、私とちょっとした遊びをやりませんか？」

「うん？」

珍しく怪訝《けげん》そうな顔になった銀次さんに、私は言う。

「簡単な実験です。しょうがなく付き合ってやるかと思って、一緒にやってみてほしいんですけど……」

これまでになかった提案に、銀次さんは困惑しているようだった。

「……勝手にしろ」

私はテーブルの上で袋を開けて、中から計量カップと洗濯のりを取りだした。そして、計量カップに先輩に教えられた量の洗濯のりをとぷんとぷんと注ぎ入れると、ボウルと一緒に銀次さんに手渡した。

「この洗濯のりをボウルに入れてくれますか？」

渋々といった感じで、銀次さんはそうしてくれる。

「次は絵の具を入れましょう」

私は尋《たず》ねる。

「銀次さん、お好きな色はありますか？」

「ない」

即答も想定内で、私は言った。

「じゃあ、お名前にちなんで銀色にしましょう」

私は銀色の絵の具を取りだして、チューブをつまんでにゅるっと垂らす。それを銀次さんに割り箸でかき混ぜてもらうといったんボウルは置いておき、今度は部屋のポットからコップにお湯を注《つ》がせてもらって粉の入った袋と一緒に差しだした。

「この粉をお湯に溶《と》かしてください。ホウ砂《しゃ》というものに特別な成分を加えたものみたいです」

「みたい？」

銀次さんが突っかかる。

「誰かからの聞きかじりか。ずいぶん頼りないことだな」

私は気にせず先を促す。

「さ、溶けたら、さっきのボウルに入れて混ぜてください。ただ、混ぜるときに息を吹きかけつづけていただけますか？　熱いものを冷ますみたいに」

「めんどくさいな。代わりにやってくれ」

「そうおっしゃらずに……」

ぶつぶつ文句を言う銀次さんをなんとかなだめて、教えた通りに息を吹きかけながら混ぜてもらう。

やがてボウルの中身が固まって、銀色に輝くぶよぶよしたものができあがった。

「完成です！」

銀次さんは眉をひそめた。

「なんだこれは」

「スライムです！　子供の頃に作ったことはありませんか？」

「ない」

そんなことより、と銀次さんは口にした。

「あんたはわしに子供のおもちゃを作らせたというわけか？　はっ、年寄りを子供扱いとは」

「違うんです！」

私は言った。

「このスライムはおもちゃじゃなくて、生き物なんです！」

「はあ？　あんたは何を言って――」

次の瞬間、銀次さんは急に言葉を途切らせて、口を半開きにしたまま固まった。そして私も、すぐに同じような状態になる。

私たちの視線の先では、信じがたいことが起きていた。

いま作った銀色に光るスライムが、ボウルの中でもぞもぞと動いていたのだ。

「……なるほど、一杯食わされたな」

銀次さんは口にした。

「あんたが砂鉄《さてつ》でも入れておいたんだろう？　それを磁石で操《あやつ》っとるというわけか」

「してません！　私、磁石なんか持ってません！」

自然と大きな声が出た。

「この子、生きてるんです！　ほら！」

スライムはボウルの内側を這《は》いあがり、ふちから脱出しようとしていた。

先輩から事前に話は聞いていたものの、私はそれを目の当たりにして興奮を抑えられなくなった。

「さっきの粉には、息に含まれてる生命力を取りこめる成分が入ってるんです！　だから、息を吹きこんだ銀次さんが、このスライムに命を与えたんですよ！」

「そんなバカな……」

そうこうしているあいだにも、スライムはボウルから出てきてテーブルの上をのそのそ這いはじめた。なんだかとってもかわいらしくて、私は笑みがこぼれてしまう。

「そうだ、名前をつけなくちゃ！」

少し考えて、私は言った。

「ギンにしましょう！」

銀次さんは顔をしかめた。

「ずいぶん安易《あんい》な名前だな」

「こういうのはシンプルなのが一番なんです！」

「そもそも、なんであんたが決めるんだ？　命を与えたのはわしなんだろう？」

「もしかして銀次さん、自分で名前をつけたいっていうことですか？」

私の指摘に、銀次さんは一瞬きょとんとした表情になった。

でも、すぐに不機嫌そうにこう言った。

「……違う」

「じゃあ、ギンで決まりですね！」

そのときだった。

銀次さんが突然「わっ！」と声を上げて、慌てた様子で手を引っこめた。

「急に触《さわ》るな！　驚くだろう！」

何事かと思って目をやると、いつの間にかスライムは銀次さんの手があったあたりにやってきていた。

私は思わず、ふふっ、と笑う。

「何がおかしいんだ！」

「いえ、なんでも」

「用が済んだら、さっさと出て行ってくれ！」

「はーい」

顔を赤くしている銀次さんをしり目に、私は部屋をあとにした。


その日から、銀次さんはスライムのギンと暮らしはじめた。

私が見ている前では、銀次さんはギンにそっけなく接していた。

すり寄ってきても相手にせずに放っておいたり、腕を這いのぼってきてもすぐ降ろしたり、膝に乗ろうとしても立ち上がって乗れないようにしたりした。

でも、そう振る舞っているのは私の前だけだということは、すぐに分かった。

あるとき、銀次さんの部屋のそばを通りかかると、こんな声が聞こえてきた。

「おい、ギン！　急に触れると冷たいだろう！」

私はドアに近づいて耳を澄《す》ました。

「つたくよぉ、あまったれだなぁ、おまえはよぉ……」

銀次さんのぶつぶつ言う声が聞こえてくる。

「おまえはぐにゅっとつかまれるのが好きなんだなぁ……でも、気をつけてないと指が入って貫いちまうからなぁ……いや、おまえはそれでも平気なのか……つくづく妙な生き物だな……」

銀次さんは、甘えてすり寄ってくるギンをいかにも仕方なさそうな口調でかまってやる。その言葉とは裏腹に、銀次さんの表情はまんざらでもなさそうなものになっている……そんな光景が広がっているのは明らかで、想像するだけで口元がゆるんだ。

またあるときは、食器を下げに部屋に入ると、銀次さんは慌てた様子で声を上げた。

「ほら、さっさと降りろと言っとるだろう！」

見ると、銀次さんの肩の上にギンがちょこんと乗っかっていた。その一部はびよんと伸びて、胸のあたりにまで垂れてきている。

銀次さんは私をにらむ。

「おいあんた、ノックくらい……」

「しましたよ。ギンちゃんと戯《たわむ》れていて気がつかなかったんじゃないですか？」

「そんなことはない！」

素直じゃないなぁと思いながら、私は適当に話を合わせる。

「ですよね。じゃあ、食器を下げますね」

「早くしてくれ！」

急に降ろされたギンは、不満そうにぶるんと震えた。

またあるときは、何度ノックしても返事がないので、心配になってドアを開けた。

「銀次さん、入りますよ？」

そこには、テレビをつけたままイスで眠っている銀次さんの姿があった。膝の上にはギンがいて、つきたてのおもちみたいに薄くのべっと広がっている。

ギンは銀次さんの膝で日向《ひなた》ぼっこをしているようで、太陽の光を浴びてキラキラと銀色に輝いていた。

気持ちよさそうな様子を見て、こちらも心がほぐれていく。

起こさないように、私はそっと静かに部屋を出た。


「あらぁっ！」

そんな声が談話室から聞こえてきたのは、ある日のことだ。

たまたま近くにいたのでのぞいてみると、絹江さんと銀次さんがそこにいた。

何かのトラブル……？

不安になった私をよそに、絹江さんはつづけて言った。

「なんてかわいいっ！」

かわいい……？

私はもとより、当の銀次さんもコーヒーを片手にポカンとしていた。が、絹江さんの視線を追って、私も銀次さんも事態を悟《さと》った。

「ギン！　ついてきたのか⁉」

慌てる銀次さんに、絹江さんが口にした。

「この子、ギンっていう名前なのね！　そっか、銀次さんだからギンなんだっ！」

銀次さんはあからさまに動揺《どうよう》して、とたんに顔が真っ赤になった。その銀次さんの足元にはギンがいて、興味ありげに絹江さんのほうに身を乗りだしていた。

私は離れたところで様子を見ながら、大丈夫かな、と心配になる。

スライムのことはほかの人には何も話してなかったから、驚かれて騒ぎになるかもと思ったのがひとつだった。

もうひとつが、動物は飼育できないという、うちの施設での決まりのことだ。スライムは動物じゃないからいいのだと先輩からは聞かされていたし、これまで私もスライムは部屋から出ない前提で勝手に考えてしまっていたから、完全に油断していた。

でも、ほかの入居者の方にしてみれば動物もスライムも変わりなく、銀次さんだけズルいというクレームが入るかもしれない。この状況を想定してなかったのはうかつだった……。

私は後悔したけれど、絹江さんは「かわいい、かわいい」とは言うものの、スライムの存在をふつうに受け入れているようだった。そして、この場に生き物がいることにも特に不満があるようにも見えなかった。

これって、どういうことだろう……。

そんな中、ギンは絹江さんに寄っていって足に身体をこすりつけた。

「あぁら！　あらあら！」

絹江さんはしゃがみこんで、ぐにゃぐにゃとギンを揉《も》みこんでじゃれ合いはじめる。初めてとは思えないほど慣れた手つきで、ギンもたちまちなついて絹江さんの腕をのぼって肩に乗る。

「おい、ギン！　何やってんだ！」

銀次さんは連れ戻そうとしたけれど、絹江さんはさえぎった。

「私はまったく大丈夫よ。おぉ、よしよし」

銀次さんは、おもしろくなさそうな表情でそれを見つめる。

そこに、五郎さんと遼太郎さんもやってきた。

「おっ、かわいらしいのがいるな！」

「おれにも撫《な》でさせてくれ！」

「銀次さんのところの子で、ギンちゃんっていう名前だって」

そうかぁ、と言いつつ、五郎さんが手を差しだした。そこにためらいもなく飛び移ったギンは五郎さんに撫でてもらって、そのうち遼太郎さんのほうにも移る。

ひと通り三人がギンと戯れ合ったところで、絹江さんが口を開いた。

「そろそろギンちゃん、ご主人のことが恋しくなってきたみたいね」

絹江さんは五郎さんの頭の上からギンを降ろすと、地面に放した。

ギンは銀次さんのほうにのそのそと帰る。

「銀次さん、またギンちゃんを撫でさせてね！」

銀次さんは、ふんっ、とだけ言って去っていった。

私は何がなんだか分からずに、事務室に帰ると起こったことを先輩に報告した。

すると、先輩は平然とこう言った。

「まあ、絹江さんも五郎さんも遼太郎さんも、前にスライムを飼ってたことがあるからね」

「えっ⁉」

それに、と先輩はつづける。

「飼ったことがなくても、ここにいる方たちはみなさんスライムのことを知ってるしね」

「そうなんですか……⁉」

びっくりしつつも、あることに思い至って私は尋ねた。

「スライムを飼ってたっていうことは……絹江さんたちにもスライムが必要な時期が前にあったってことですか？」

「そうだね。癒しを得るためだったり、寂《さび》しさを補《おぎな》うためだったり、理由はみなさんそれぞれだけど」

私はますます驚いた。

いまの溌剌《はつらつ》とした絹江さんたちの姿からは、弱っている時期があったなんて全然想像できなかったからだ。

みなさんのあの笑顔は、いろんなことの上に成り立ってるんだ……。

そう思うと、神妙な気持ちになった。

「銀次さんのところのギンちゃんも部屋から出て大丈夫だから、自由にさせてあげてね」

先輩の言葉に、そうします、とうなずいた。

食事のときに、銀次さんが野菜を残さなくなった。

それ自体はいいことだけど、理由を聞いても銀次さんは決まって適当に言葉をにごした。

「今日も食べてくださったんですね。急にどうされたんですか？」

いつものように聞いてみると、銀次さんはこう言った。

「そんな日もある」

「でも、この頃ずっとじゃないですか」

「料理人が腕をあげたんだろ」

「一緒だと思いますけど」

「じゃあ、偶然だ」

またはぐらかそうとしてるな……。

そのとき不意に、あっ、と思った。

銀次さんが野菜を食べるようになったことが、あることとひとつにつながったからだ。

それは、日に日にギンが大きくなっていることだった。

私は思う。

スライムが何を食べるのかは知らないし、そもそも食事をするのかどうかも分からないけど、もしかして、野菜はギンにあげてるからなくなってるんじゃ……？

うん、絶対そうだ！

確信しながら、私は尋ねた。

「ところで銀次さん、最近のギンちゃんは大きくなりましたよね」

「そうだな」

「何か食べてるんですか？」

「生き物なんだから、そりゃそうだ」

「何を食べさせてるんですか？」

私はズバリ聞いてみた。

銀次さんは、きっと言葉に詰まるだろう……。

そう読んでいたものの、銀次さんはあっさり言った。

「オートミールだ」

想定外の返答に、私は困惑してしまう。

「オートミール……？」

「肉でも魚でも、スライムは何でも食うみたいだがな、こいつは特にそれが好物らしい」

そういえば、と私は急に思いだす。ギンが来たくらいから、銀次さんのところにときどき荷物が届くようになってたな、と。

あれはエサを注文してたのか……！

でも、と私は首をかしげた。

「じゃあ、食事に出てくる野菜は本当に銀次さんが食べてるってことですか……？」

「食えと言ったのはあんただろうが。それとも、わしは食っちゃいかんのか？」

「いえ！　もちろんそんなことは！　ですが、何がきっかけで……」

「きっかけなんぞない」

またはぐらかそうとする銀次さんに、私は粘《ねば》ってしつこく聞いた。

やがて、銀次さんは根負けしたようにぽつりと言った。

「身体に悪いと言うたのも、あんただろうが」

「えっ……？」

「ふんっ、こいつの世話を押しつけられたりしなけりゃ、野菜なんぞは食わんままでよかったんだ」

ぶつぶつと文句を言う銀次さんに、私は遅れて言葉の意味を理解する。

銀次さんは、自分の健康を気にするようになったんだ。

ギンと長く一緒にいるために――。

「……銀次さん、お優しいんですね」

心の底からそう言うと、銀次さんは真っ赤になった。

「違う！　これは断じて、ギンのためなんかじゃないからな！」

銀次さんはムキになって否定した。

ふふっ、と笑うと、銀次さんは目を吊《つ》りあげた。

「おい、わしの話を聞いとるのか⁉」

私は適当に返事をした。


ギンはますます大きくなって、できることも増えていった。

ひとつが形を変えることで、ギンは前にもまして自在に変形できるようになっていた。

「あらぁ、ギンちゃん！　今日も猫？」

食堂で食事の準備をしていると、絹江さんの声が聞こえてきた。そちらを見ると銀次さんとギンもいて、ギンは最近よく見かける銀色の猫の形になっていた。

「でも、猫にしては少し大きいんじゃない？」

微笑《ほほえ》む絹江さんに、銀次さんは言った。

「あんたが妙なことを教えるから、こうなったんだ」

「あらあら、ギンちゃんは私と動画を一緒に見てたらできるようになっただけよねぇ？」

うれしそうに尻尾《しっぽ》を振るギンに、銀次さんは苦い顔をする。

「猫だけじゃない。どこで覚えたのか、犬にもなるわ鳥にもなるわで困っとるんだ！」

「ギンちゃん、そんなこともできるようになったの？　すごいわねぇ！」

「何もすごいことなんかない！」

「擬態《ぎたい》ができるようになるのも、すぐかもねぇ」

銀次さんは絹江さんの言葉にぎょっとする。

「何の話だ？」

「いえ、スライムって、形もだし、色も自在に変えられるようになるものだから」

「そうなのか⁉」

その直後、ギンの色に変化があった。

銀色の身体の一部に、白っぽい渦のような模様が現れたのだ。

そこだけ見るとシルバータビーの猫のようで、私も隣で目を見開いた。

「ギンちゃん、すごい！　もうできるのね！」

得意そうに尻尾を振るギンに、銀次さんは口をあんぐり開けていた。

そんな銀次さんに、私は頃合いを見て声をかけた。

「銀次さん、そろそろお食事の時間ですよ。せっかくなので、今日はこのまま食堂でどうですか？」

「いや、わしはたまたま通りかかっただけで、自分の部屋で……」

「でも、もうギンちゃんは待ってますよ？」

ギンは猫の姿のまま近くの席のあたりに移動していて、早く来てほしいと言わんばかりにこちらに顔を向けていた。

「……今日だけだからな！」

食事がはじまってからも、ぶつぶつ言いつつ銀次さんは隣に座った絹江さんと会話をつづけた。遅れてやってきた五郎さんと遼太郎さんも向かいに座って、四人のグループができあがる。

話題はもっぱらギンのことで、銀次さんは不愛想《ぶあいそう》ながらもまんざらではない様子でみなさんと話をしていた。

私はこみあげるものがある。

こんな光景が見られるだなんて――。

その日を境に、銀次さんは絹江さんたちと少しずつ交流を深めていった。廊下で立ち話をしているところを見かけたり、絹江さんたちがギンに会うために銀次さんの部屋を訪れたり。

銀次さんはときどき食堂に顔を出すようにもなって、そういうときは自然と絹江さんたちと同じテーブルについていた。

ギンはますます大きくなって、変形や擬態の精度も格段にあがった。それどころか、いつしか声まで出せるようになっていた。

ある日はガルルという声が聞こえて、慌てて振り向くと信じられない動物がそこにいた。

ライオン⁉

私は一瞬、背筋《せすじ》が凍る。が、隣に銀次さんの姿を見つけて、ギンが変身した姿だと分かって安堵《あんど》する。

別の日にはキッキキッキッという声が聞こえてきて、廊下を飛ぶ大きな鳥を発見した。

これって、オオワシ⁉

私はパニックになりかけるも、「ギン！」という声でそれは銀次さんの差しだした腕に止まって、ギンでよかったとホッと胸を撫でおろす。

動物になるし声は出すしで、さすがに騒ぎになるかと思っていたけど、不思議なものでやっぱり誰も気にしていないようだった。

その一方で、ギンはもともとの銀色のスライム姿でいることも多くあった。

あるときは、銀次さんが大きなクッションに身を任せてくつろいでいるなと思ったら、それはのべっと広がったギンだった。

またあるときは、イスに座った銀次さんの膝の上で、ギンはびよんと伸びてブランケットのようになっていた。

「銀次さん、最近よく笑うようになりましたね」

私が言うと、銀次さんは、ふんっ、と答える。

「笑ってなんかない」

「ほら、さっきも絹江さんたちとギンちゃんの話を楽しそうに」

「いや、あれはだな……」

たじろぐ銀次さんに、こちらもおのずと頬がゆるむ。

ギン、ギン、ギン。

口を開けば、銀次さんはうれしそうにそう言った。

ギンも銀次さんにくっついて、つねに行動をともにした。

こんな日々がずっとつづくんだと、どこかで思いこんでいた。

いつまでも変わらないんだと、根拠《こんきょ》もなく信じていた。

だから、銀次さんがとつぜん帰らぬ人となったとき、私は起こったことをすぐに理解することができなかった。

急性の病に倒れて運ばれて、銀次さんはそのままあっけなく逝《い》ってしまった。

異変を知らせてくれたのはギンだった。

事務室で仕事をしているとギンがスライム姿でやってきて、どうしたのかと聞く暇もなく、私はいきなりギンの身体に取りこまれた。猛スピードで連れられたのは銀次さんの部屋で、そこで私はうめきながら倒れている銀次さんを発見した。

そこから先は、あまりよく覚えていない。

ただひとつ、鮮明に記憶に残っているのは、救急車が来ても銀次さんのそばを離れようとしないギンを無理やり引きはがして部屋に置いていったことだけだった。

私がようやく現実を受け入れたのは、葬儀が終わって銀次さんの部屋を訪れたときだ。

もぬけの殻《から》になったその部屋には、ギンがいた。

ギンはベッドの上で微動だにせず、どこかに行った主人を待ちつづけていた。

不意に、いつかの光景がよみがえってきた。

銀次さんにすり寄って、ぐにゅっとつかまれて気持ちよさそうにしていたギン。銀次さんの肩に乗って、びよんと伸びながら戯れていたギン。銀次さんの膝の上で日向ぼっこをして、キラキラと銀色に輝いていたギン……。

そのとき、私は理解した。

あの光景は、もう二度と戻ってこないんだ——。

数日たっても、ギンはベッドの上から動こうとはしなかった。

つらかったけど、私はギンに銀次さんの訃報を伝えた。が、分かっているのかいないのか、ギンは変わらずそこにいた。

ギンは日に日に痩《や》せてきたようだったけど、エサをあげてもあまり食べはしなかった。

どっちにしても、このままこの部屋にいさせるわけにはいかないだろう……。

そう思って何度も先輩に相談したけど、こんな返事があるのみだった。

「いまはそっとしておいてあげたらいいよ。部屋にも、いさせてあげて大丈夫。それがうちの方針だから」

私は首をかしげながらも、流れに身を任せることにした。

先輩からお墓参りに誘われたのは、しばらくたってのことだった。

銀次さんが眠る近くの共同墓地に、これから絹江さんたちと行くのだという。

同行したいと返事をすると、先輩は言った。

「ギンちゃんも連れて行こうか。誘ってきてもらえる？」

「あの子は来ないと思いますけど……」

「いいから、いいから」

仕方なく、私は銀次さんの部屋に行ってギンに話しかけてみた。

すると、意外なことにギンはベッドから下りてきた。

「一緒に行くの……？」

ギンはふるふる震えて反応して、私のあとについてきた。

「ギンちゃん、来たのね」

絹江さんも五郎さんも遼太郎さんも、久しぶりに会うギンを笑顔で迎えてくれて、私たちは先輩の運転する車で墓地に向かった。

お墓について線香をあげると、みんなで目を閉じて手を合わせた。

爽《さわ》やかな風が吹き抜ける。

やがて、目を開けたときだった。

絹江さんがギンに言った。

「ギンちゃん、これからは私たちと一緒に暮らしましょうね」

五郎さんと遼太郎さんもそれにつづいた。

「おうよ、ギン。おれたちは仲間だからな」

「おんなじ身寄りがない同士、仲良くやってこうな」

その瞬間のことだった。

目を疑うような光景が飛びこんできた。

絹江さんと五郎さんと遼太郎さんの輪郭が、どろっと溶けるように崩れたのだ。

三人は、あっという間に赤や青、緑のスライムの姿になった。そのスライムたちは銀色のギンに近づいて、抱き合うようにひっつき合った。

呆然《ぼうぜん》とする私のそばで、先輩が言った。

「ギンちゃんと同じで、この子たちも飼い主さんとのお別れを経験してきたスライムでね」

先輩はつづける。

「大好きだった飼い主さんのまねをして、生前の飼い主さんとおんなじ姿でおんなじ生活を送ってて。そうやって、決して長くはない残りの時間を施設のみなさんと過ごしてるの。そんなスライムたちの最期を見届けるのも、私たちの大事な仕事のひとつで。飼い主さんを癒してくれたスライムに、最大限の感謝をこめながらね。それはともかく、新しく来た職員には直接その目で見てもらったあとでこのことを説明するのがうちのホームの習わしなの。じゃないと、なかなか伝わりづらいものがあるからさ」

私は愕然《がくぜん》とした。

身寄りがない――。

絹江さんたちのその言葉が、いっそう重く迫ってくる。

「とにかく、いまはギンちゃんが早く立ち直ってくれることを願うばかりだね」

私は何も言えずに立ち尽《つ》くした。

ある日の昼、私は部屋のドアをノックした。

「銀次さん、失礼しますね」

中に入ると、テレビを見ていた銀次さんが振り返った。

「あんたか。なんだ？」

「そろそろお食事の時間ですよ。食堂に行きましょう」

「ここでいい」

「まあまあ、そうおっしゃらずに」

「仕方ないな……」

ぶつぶつ言いながらも、銀次さんは立ち上がる。

食堂に行くと、絹江さんや五郎さん、遼太郎さんが先に来ていた。

同じテーブルにつくと、四人は会話をしはじめる。

その話の中には、もうギンのことは出てこない。

けれど、なんだかんだでみなさん話題に欠くことはないらしい。

「それにしても、銀次さん、ずいぶん会話が上達したわね」

からかうように言った絹江さんに、銀次さんはふんっと答える。

「そんなのは朝飯前だっ」

「朝飯って、いまはお昼ご飯の時間ですけど」

「揚《あ》げ足を取るな！　じゃあ、昼飯前だ！　いや、昼飯中だ！」

それを聞いて、絹江さんも五郎さんも遼太郎さんもくすくす笑う。

「なんだ、なにがおかしい！」

そう言いながら、銀次さんは私が特別に盛った器に手を伸ばす。

そして、大いに不機嫌そうな顔をしつつ、スプーンですくったそのオートミールを口に運ぶ。

Episode 6

会社の番人

メールの着信音が鳴り、おれはすぐスマホに飛びついた。

送り主を確認すると、このあいだ面接を受けた会社だった。

お願いします……！

勇気をだしてメールを開く。

が、そこに書かれていたのは「採用見送り」という文言だった。

また落ちた……。

いつものことながら、おれはがっくり肩を落とす。

就活がはじまったばかりのころは、焦りなんてまったくなかった。

もともと会社を選《え》り好みする気はなかったし、入社できればどんな業界だってよかった。

世の中にはこれだけ会社があるんだから、そのうちどこかには受かるだろう。

そんなふうに考えて、のんびり日々を送っていた。

ところが、いざ就活が進んでいくと、内定どころか一次面接も突破できないことがつづいた。その一方で周りの同級生たちは続々と内定を決めていき、おれはさすがに焦りはじめて急いで対策本を買ってきたり、手当たりしだいにいろんな会社にエントリーしたりした。

その結果、何度か運よく二次面接や三次面接までたどりついたこともあった。でも、どの会社でも最終面接には至らずに、内定への狭き門を突破することができないでいた。

就職浪人。

そんな言葉も頭をよぎり、焦りはどんどん加速した。自信がなくなり、面接でもますますうまく答えられないようになっていく。

一通のメールが届いたのは、そんなある日のことだった。

また不採用の通知かな……。

読む前から落ちこみながら、おれは一応メールを開いた。

えっ、と声が出たのは、その瞬間だった。

届いたメールに「最終面接のお知らせ」と書かれていたからだ。

急いで文面を読み進めると、まさに自分が最終面接に至ったことと、その面接の日時が記されていた。

本当に……!?

おれは喜びで叫びだしたい衝動《しょうどう》に駆《か》られた。

ただ、そのメールにはどうにもよく分からないところもあった。

ひとつが差出人のことで、メールは「株式会社ハデス」というところの人事部から送られてきていた。けれど、その社名には見覚えがなく、こんな会社にエントリーしていたかなと首をかしげた。

もうひとつ不思議だったのは、そもそもこの会社の一次面接や二次面接を受けた記憶がないことだった。

おれはネットで会社の名前を調べてみた。が、似たような社名はヒットしてもすべて別の会社のようで、役に立つ情報は得られなかった。

これってどういうことなんだろう……。

それでも、まあいいか、とおれは思った。

最終面接に進めただなんてそれだけで奇跡みたいなものなんだから、余計なことは考えずに、とにかくまずは受けに行こう——。

その当日、緊張でガチガチになりながら到着したのは、都内の古びたビルだった。

受付で名前を言って待っていると、やがて男の人がやってきた。もらった名刺には人事部長と書かれていて、緊張感はさらに増した。

「ほほほ本日は、何卒《なにとぞ》よろしくお願い申し上げたてまつります……！」

「よろしくお願いしますね」

人事部長は微笑《ほほえ》みながら、こう言った。

「さっそくですが、社長が待っていますので、どうぞこちらに」

「承知いたしましたっ……！」

案内されたのは最上階の一室だった。

人事部長からは「どうかリラックスして臨んでください」と肩をポンと叩《たた》かれて送りだされた。

そうしておれは、おそるおそる部屋の扉をノックした。

「どうぞ、入ってくれたまえ」

「失礼いたしますっ……！」

中に入ると豪華《ごうか》な装飾《そうしょく》が飛びこんできた。部屋の真ん中には革張りのソファーが二つあり、片方に男の人が座っていた。

言葉を失ったのは、その人を見た瞬間のことだった。

想像もしていなかった光景に、おれはパニックになりかけた。

それでも、とにかく何か言わなければと口を開いた。

「は、はろー！　ないすとぅーみーとぅ！　まいねいむいず……」

「いやいや、大丈夫だよ」

こちらのつたない英語をさえぎって、男の人は口にした。

「たしかに私の生まれは外国だが、日本での生活は長いからね。遠慮なく日本語で話してくれたまえ。おっと、申し遅れたね。私がここの代表取締役のケル・ベロスだよ」

握手を求めてきた異国風の男の人――社長が発したのは流暢《りゅうちょう》な日本語で、意表を突かれつつも心の底からホッとした。

とりあえず、英語の面接じゃなくてよかった……。

でも、その社長の見た目のことで、もっと重要なことがあった。

依然《いぜん》として固まるおれに、社長は笑いながら口にした。

「驚くのも無理はないが、まあ、まずは座ってくれたまえ。立ったままじゃ面接はできないからね。それから、もしよければきみの名前を教えてくれるかな？」

「あっ！　大変失礼いたしましたっ！」

おれは慌てて名前を告げて、頭を下げた。

「本日は、よろしくお願い申し上げますっ！」

「はい、よろしく。さあ、座って」

おれはふかふかのソファーに腰を下ろしてカバンを置くと、自分にこう言い聞かせた。

集中、集中……！

が、どうしても社長のことが気になって、ついつい視線が向いてしまう。

「これのことだね？　面接の前に触れておかないといけないね」

とつぜん言われて動揺《どうよう》した。

「あっ！　いえっ！　そんな！　ぜんぜん大丈夫ですっ！」

「遠慮しなくて構わないよ。私は特殊体質でね。見ての通り、頭が三つあるんだよ」

社長——いや、正確には社長の三つある頭のうちの、さっきから話をしている真ん中の頭がそう言った。

「私の姿に驚いたまま面接をして、余計な影響が出てはいけないからね。とりあえず、落ち着くまで眺めてもらって構わないよ」

「ありがとうございます……」

おれはお言葉に甘えることにして、社長のことをまじまじと見つめた。

三つの頭のそれぞれは、幹から枝が分かれるみたいに、ひとつの身体《からだ》の首元から三つに分かれて扇の形に伸びていた。どの顔も見分けがつかないほどそっくりだったが、なぜだか一番左の社長だけは目を閉じてうつむいていた。

「この左の私かい？」

こちらの視線に気がついて、真ん中の社長が口にした。

「この私は、いま眠っているところなんだ。我々は交代で眠りながら、二十四時間、頭を動かしつづけていてね」

「ははあ……」

すごい体質だなぁ……。

感心していると、右の社長がこう言った。

「さて、少しは落ち着いたかね？」

「は、はいっ……！」

「では、ぼちぼち最終面接といこうかな」

社長はつづけた。

「そういうわけで改めて、私が入社に至るまでの最後の門番だ。きみにはここを突破して、我が社の一員になってもらえることを願ってるよ」

「はいっ……！」

「では、最初の質問は私から」

そう言ったのは、真ん中の社長だった。

「まずは、ラフなところから聞いてみよう」

「お願いしますっ……！」

「きみが最近ハマっているのは何かな？」

「ハマっているもの……」

何かあったかなと考えて、あっ、と思いついてすぐに答えた。

「ギリシャヨーグルトです！」

「ほぅ……詳しく教えてくれるかね？」

「少し前にたまたま買ってみたんですが、濃厚でクリーミーで……こんなヨーグルトがあったのかと感動したんです！　いまでは毎朝食べていますし、もちろん今朝も食べてきました！　最近は周りのみんなにもオススメしたりもしています！」

「なるほど」

少しのあいだ、沈黙があった。

おれはなんだか嫌《いや》な予感にとらわれた。

何かマズイことでも言ったかな……？

すると、真ん中の社長は笑みを浮かべた。

「じつに素晴らしい」

「えっ？」

「というのが、我が社の創業者《そうぎょうしゃ》であるハデス会長はギリシャの出身でね。きみと同じく、毎朝ギリシャヨーグルトを食べるのを欠かさないんだ。こんな一致があるのかと驚かされたよ。いや、それくらい、きみはリサーチ済みだったかな？　アイスブレイクを兼ねた質問のつもりが、すっかりやられてしまったね」

よく分からないけど、とりあえず褒《ほ》められたようでホッとした。

それに、偶然分かったこともあった。

ここの社名は、創業者の名前から来てたのか……。

「さて、次は私から質問してもいいかな？」

今度は右の社長が口を開いた。

「きみの強みは何かね？」

来た、と思った。ほかの会社の面接でも何度も聞かれてきた質問だ。

これにはちゃんと用意があるぞ、と自信満々でおれは答えた。

「誰とでも仲良くなれることですっ！」

「なるほど。その具体的なエピソードは？」

右の社長はすかさず言って、鋭い目でこちらを見すえた。

おれは動揺してしまう。これまでの面接ではそこまで聞かれたことがなく、特に準備している答えがなかったからだ。

強みにつながるエピソード……そんなのあるかな……。

そのとき、あっ、とひらめいた。

「ありました！　このあいだ会った親戚《しんせき》の赤ちゃんが、ぼくにだけ懐《なつ》いてくれたんです！」

おれはつづける。

「ほかの人が近づくと怖がって泣くのに、ぼくのときだけ笑うんです！　もしかすると、赤ちゃんにも敬語で話しかけていたからかもしれません！　みんなからは、なんで赤ちゃんに敬語なんだと笑われましたが……」

右の社長はななめ上に視線をやって、考えるような様子を見せた。

その間にドキドキしていると、こんな返事が戻ってきた。

「きみは、うちの社員に必要な素質《そしつ》を兼ね備えているようだね」

「素質……？」

「何しろ我が社は知っての通り、世界を相手にした貿易会社だからね。仕事のパートナーは、おのずと多様な文化を持った方々になるわけだ。そのうえで大切なのは、いったい何か。もちろん言語のスキルも必要だ。が、もっと重要なことがある。それが、相手へのリスペクトなんだよ。その点、きみはたとえ相手が赤子という幼く未熟《みじゅく》な存在であろうとも、しっかりと敬意をもって接するという。なるほど、誰とでも仲良くなれるわけだ。これは教えてできることじゃない。生まれ持った才能だね」

そんなことを言われたのは初めてで、急に恥ずかしくなってきて身体が火照《ほて》った。

自分に特別な才能があっただなんて……！

同時に、こうも思う。

ここは貿易会社だったのか……！

そのとき、社長の様子に変化があった。右の社長が急にかくんとうつむいて、目を閉じて眠ってしまったのだ。代わりに目を覚ましたのは、さっきまですやすや寝ていた左の社長だった。

その左の社長が口を開いた。

「失礼。ちょうど交代のタイミングだったものでね。これまでの経緯《けいい》は私にも伝わっているから、安心してくれたまえ。では、次の質問に移ろうか」

ポカンとするおれをよそに、左の社長はそのままつづける。

「きみは我が社で何をしていきたいのかね？」

ハッと正気を取り戻し、おれは思う。

この質問は大事なやつだ！

が、その直後には絶望しかけた。この会社が何をしているのかはいま初めて知ったから、考えてきたことなんてない。

「えっとえっと……」

おれはとっさにこう言った。

「毎日、元気よく通いたいです！　がんばります！」

左の社長はうなずいた。

「元気なことはいいことだ。しかし、そのエビデンスは？」

「エビ……？」

戸惑いながら、おれは答える。

「えっと……エビマヨなら大好きです！」

「いや、きみが元気だと主張する、その根拠《こんきょ》を尋《たず》ねているのだよ」

「根拠……そうだ！　小学生のときから今まで、一日も学校を休んだことがありません！

ずっと皆勤賞《かいきん》です！」

「ほう、それはなかなか頼もしいね」

「あっ、でも……」

「なんだね？」

「社長さんみたいに、二十四時間起きつづけることはできなさそうです……」

「なに、私の場合、たしかに頭は交代でずっと稼働しているが、身体は一つしかないからね。肉体を休めるために、毎日、一定時間は横になるようにしているよ」

「そうなんですね……！」

その後も、左と真ん中の社長からの質問はつづいた。

資格や特技があるかと聞かれたときは、胸を張ってこう言った。

「肩叩きです！　小さいころ、おじいちゃんの肩叩きをしておこづかいをもらっていました！」

「幼少期からビジネスの才覚があったわけだね。ちなみに、その自慢の肩叩きがどれほどのものか、ちょっとやってみてもらえないかい？　私も頭が三つあるから、日頃から肩が凝って仕方なくてね」

「喜んでっ！」

おれは社長の後ろに行って、肩に触れた。きっと三つの頭をしっかりと支えるためだろう、肩全体はボコッと盛り上がっていて、揉《も》もうとしても石のようにガチガチで指が折れそうになってしまった。

それでもがんばってつづけていると、社長は満足してくれたようだった。

「もう結構。ずいぶん気持ちがよかったよ」

おれは胸を撫《な》でおろす。

社長からは、こんな質問も飛んできた。

「きみが尊敬する人物は誰かね？」

改めて聞かれるととっさに出てこず、どうしようかとあたふたした。

そうだ、歴史上の誰かにしよう……。

おれは最初に浮かんできた人物の名前を言おうとした。

「毛利《もうり》……」

「毛利？」

「毛利……」

毛利から先の名前をド忘れして、ヤバイと焦る。

「もしかして、きみが言いたいのは毛利元就《もとなり》かね？」

社長の言葉に、助かった、と声をあげた。

「ですです！　その人です！」

「そういえば、きみはそちらの方面の出身だと書類に書いてあったね。ふむ、なるほど。奇《き》遇《ぐう》だね。じつは私も好きなんだよ」

「何がですか……？」

「毛利元就が、だよ。一番惹《ひ》かれるところといえば、やはり一致団結を説いた〝三本の矢〟の逸話だね。一本ずつなら折れやすい矢も、三本合わせると折れづらくなる。三つの頭を持つ私にとって、これほどメッセージにあふれた言葉はほかにないよ」

ははあ、とおれは唸《うな》る。毛利元就の逸話というのも初めて知る。

社長からの質問の中には、噂《うわさ》で聞いたことのある「逆質問」というのもあった。

「きみのほうから、なにか私に質問はないかね？」

これはすぐに浮かんできて、迷うことなくおれは尋ねた。

「社長さんのそのスーツは、どこで購入されたんですか？　とっても素敵だなぁと……」

「お目が高いね。イタリアだよ。毎年、スーツを新調するためだけに行っていてね。私の体形に合ったスーツは並の職人では作れないんだ」

かっこいいな、と憧《あこが》れる。

自分も、オーダーメイドのスーツが似合うような大人になりたい……！

その後も少しだけやり取りがあって、やがて真ん中の社長がこう言った。

「さて、この面接もいよいよ次でおしまいだ」

どんな質問が飛んでくるのか……。

身構えていると、社長はつづけた。

「最後は、実技を見せてもらいたいと思っている。そこにあるものを弾いてみてくれるかね？　選曲はきみに任せるよ」

社長は部屋の隅《すみ》を指さした。そこにはハープが置かれていた。

「先にきみに伝えておくと、この実技に比べたら、これまでの質問の重要度はそれほど高いわけではない。では、最後までがんばってくれたまえ」

それを聞いて、おれは少なからずショックを受けた。

これまでの受け答えには、いつになく手応《てごた》えを感じていたからだ。おまけに、ハープなんて触《さわ》ったこともなければ実物を見るのも初めてだった。

そんな中でもやらないわけにはいかなくて、おれはハープの横のイスに座って、見よう見まねで弦に指をかけてはじいてみた。

ぽろん、という音がした。が、曲が弾けるわけもなく、やむを得ず適当に両手でぽろんぽろんと弦をはじいた。でたらめな音が部屋に響《ひび》くも、気にせずぽろんぽろんと鳴らしつづける。

社長の声が聞こえてきたのは、しばらくしてのことだった。

「オーケー、オーケー。もう手を止めてもらって結構だよ」

社長のほうに視線をやると、いつの間にか右の社長も起きていて、三つの顔がこちらを見ていた。そして、どの社長の顔もいかにも残念そうな表情になっていた。

実技が失敗とみなされたのは明らかで、不採用になったことも直感した。

落ちこみながらソファーに戻ると、左から順番に社長が声をかけてくれた。

「では、今日の結果は後日お伝えさせていただこう」

「ご苦労だったね」

「こちらも楽しい時間を過ごせたよ」

おれは不採用のショックを抱えながらも頭を下げた。

「本日はありがとうございました……」

それだけ言って、立ち上がろうとしたときだった。

おれは、あっ、と声をもらした。

カバンを持ち上げようとした瞬間に、手が滑って床に落としてしまったのだ。しかもカバンはきちんと閉まってなくて、いろんなものが飛びだしてきて散らかった。

「すみませんっ！」

慌ててかがむと、上から声が降ってきた。

「おや、これは？」

そちらを見ると、社長は落ちたもののひとつを手にしていた。それはクッキーの袋で、面接のあとに食べようと思って買っておいたものだった。

「これはもしや、はちみつ入りのクッキーではないのかね？」

「はあ、そうですけど……」

うなずくと、社長の六つの目が輝いた。

「素晴らしいっ！」

「えっ……？」

次の瞬間、社長はいきなり袋を開けた。そして、どんどんクッキーを取りだして、三つの口でむさぼるように食べはじめた。

「なんてうまいんだっ！　最高だっ！　うまいうまいうまいぃぃぃっ！」

社長はこちらを見もせずに、クッキーを食べて食べて食べまくる。

何がなんだか分からずに、おれはその場に立ち尽《つ》くす。

これは帰ったほうがいいのかな……？

そのとき急に扉が開いて、人事部長が入ってきた。

「大声がしたので何事かと思いましたら」

「あの、これはどういう……」

尋ねると、人事部長は教えてくれた。

「社長はハープの音色を聞いたり、はちみつを使ったお菓子を食べたりすると、我を失ってしまうんですよ。こうなると、ほかのことは何も手につかなくなりまして。門番としての役目も当然果たすことができずに、来た者を通してしまうんです。そういうわけで――」

人事部長は手を差しだした。

「あなたは最終面接の門を見事に突破されました。いえ、たしかに王道ではないでしょうが、突破の事実には何の変わりもありません。おめでとうございます」

突然のことに戸惑いながらも、おれはおそるおそる尋ねてみる。

「それって、えっと……内定、ということではないですよね……？」

人事部長は笑みを浮かべてうなずいた。

「内定です」

「ええっ⁉」

理解はすぐには追いつかなかった。

夢でも見ているのかな、とも思った。

が、現実なんだと分かってくると、喜びが爆発的にこみあげてきた。

「よろしければ、弊社に入社していただけますか？」

人事部長の言葉に、おれは叫んだ。

「ももも、もちろんです！　何卒よろしくお願いいたしますっ……！」

そのあいだも、社長は夢中ではちみつクッキーを頬張っていた。


こうしておれは、ついに内定を勝ち取った。

それだけでなく、働くのがなんだか楽しみにもなっていた。

あんなにユニークな社長がいる会社なら、おもしろい毎日が待っていそうだなぁ、と。

しかし、それはとんでもない間違いだった。

入社するまで、おれは知らない。

ケル・ベロス社長が、裏では〝地獄《じごく》の門番〟と呼ばれているということを。

会社の実態は、最低でも週二で徹夜、土日なし。つねに罵声《ばせい》が飛び交い、ハラスメントも横行している。先輩によると、たとえ辞めて逃げたところで世界の果てまでベロス社長に追いかけられて、命の保証はないらしい。

いまおれは、門を突破した先のそんな職場で、地獄のような毎日を送っている。

Episode 7

吸う女

放課後に図書室で鉢合《はち》わせしたときには、うわっ、と焦った。

紅谷《べにや》さん……！

一年生から同じクラスの紅谷さんは、うちの高校でも屈指の美人だと言われていた。特に男子からの人気は高くて、三年生の先輩たちはもちろんのこと、入ったばかりの一年生にもすでにファンがたくさんいると聞くほどだった。

でも、私も含めた女子たちの評判は微妙だった。

紅谷さんは、たしかにぞっとするほど美しい。

その一方で、なんとなく近づきがたい雰囲気があるというか、何かを秘めていそうな不気味な感じがあるというか、積極的にかかわりたいという気持ちにはならなかった。もともと口数が少なくて、それでいてときどき口にする言葉は薔薇《ばら》のトゲみたいに鋭くて、そんな部分も紅谷さんの今のイメージにつながっていた。

日頃から変わった行動をとっていたことも、私たちが距離を置いている理由のひとつだ。

紅谷さんは、お昼になってみんながお弁当を食べる中で、どういうわけか一人でいつも同じゼリーだけを食べていたのだ。

一年生の最初のころは、みんなで噂《うわさ》し合ったものだった。

――あれって、ダイエットでもしてるのかな？

――毎日とか、ぜったい身体《からだ》に悪いよね？

――家の事情とかだったらヤバくない？

私たちがいろんな憶測をしている中で、あるとき友達の一人がなんでゼリーしか食べないのかとついに尋《たず》ねた。

その質問に、紅谷さんは一言だけ返事をした。

「別に、好きだからだけど」

そう言ってまたゼリーを食べはじめた紅谷さんに私たちはそれ以上のことは聞けなくて、今でも謎は謎のまま定期的に私たちの話題にのぼる。

決して仲間外れにしているわけではないけれど、とくべつ仲の良い子はいない。向こうも向こうで、こっちのことはどうでもよさそうな涼しい顔でいつも一人で過ごしている。

その紅谷さんはそんな人だった。

その紅谷さんが、いま目の前にいる――。

何事もなかったみたいにスルーしてしまうにはあまりに接近しすぎていて、私はどぎまぎしながら口を開いた。

「あっ、えっと……」

でも、つづく言葉が出てこない。

「その、あの……」

紅谷さんは何も言わずに立つだけで、こっちが何か言わなければと余計に焦る。

そのとき、紅谷さんが手にしている本が目にとまった。それは自分も好きな作家さんのホラー系の小説で、これだとばかりに飛びついた。

「そ、その本、おもしろいよねっ!」

私は重ねた。

「出てくる怪物もめちゃくちゃ怖いし、ラストも裏切られた! ってなるよねっ!」

すると、紅谷さんは口を開いた。

「私、これから読むんだけど」

うわっ、やらかした、と瞬時に悟《さと》った。最悪だ、と青ざめる。

「そそそ、そうだよね! 借りようとしてるんだから、読むのはこれからだよね! ごめん! いまのは忘れて!」

「この本、ラストは裏切りが待ってるんだ」

「わああ！　ホントごめん！　ネタバレしてごめん！」

「いいよ、別に。そういうの気にしないから」

紅谷さんの表情からは何の感情も読み取れなくて、本当に気にしていないのか不安になる。

とにかくフォローをしておかないと、と一方的に私はつづける。

「っていうか、紅谷さん本が好きなんだね！　ぜんぜん知らなかった！」

「まあ、必要なこと以外は話したことがないからね」

「そ、そうだよね……」

気まずさをごまかすために、私は話題をすぐ変える。

「ってかてか、図書室、けっこう来るの？」

「たまに」

「部活とかやってなかったっけ？」

「特には。人付き合いが面倒そうだし」

「じゃあ、今日はこのまま帰るの？」

「そのつもりだったけど、ここでこの本を読んでこうかな。ラストの裏切りっていうのも気になるし」

「ごごご、ごめん！」

「嫌味《いやみ》じゃないから。そんなことより、静かにしたほうがいいんじゃない？」

「あっ……」

私は周囲に目をやった。

ほかの生徒たちがチラチラとこちらを見ていて、大急ぎで口をつぐんだ。

「あれ？」

視線を戻すと紅谷さんはいなくなっていた。

カウンターで本を借りている姿を見つけて、やり取りが終わったことにホッとする。

変な汗かいたなぁ……。

気を取り直して私は自分の本を手に取ると、クーラーの効《き》いた図書室の一角で読みはじめた。


また紅谷さんを見かけたのは、小一時間ほど本を読んで自転車で帰っていたときだった。

前を行く自転車も同じ学校の人だなぁと思ってすぐ、それが紅谷さんだと気がついた。

帰る方向、一緒だったんだ……。

私は彼女の少し後ろをついて行く形になって、ぼんやりしながら自転車を漕《こ》いだ。

紅谷さんが私の帰り道とは違う方向にハンドルを切ったのは、しばらくしてのことだった。

このへんに住んでるのかぁ、と反射的に私は思った。

紅谷さんの曲がった先はたしか雑木林《ぞうきばやし》になっていて、住宅はその手前までしかないはずだからだ。

ついて行ってみようかな。

そう思ったのに、深い理由はなかった。

なんだか気になる。

そんな程度の軽い気持ちで、私は紅谷さんと同じ方向にハンドルを切った。

おかしいな、と思いはじめたのはすぐだった。

彼女はスピードをゆるめずに、どの家の前でも止まることなく過ぎていくのだ。

ようやく自転車を降りたのは雑木林の前だった。そしてそのまま、紅谷さんはためらうことなく林の中に入っていった。

私はわけが分からず戸惑った。

こんなところで何するつもりなんだろう……もしかして、人目につかない場所で危ないことでもしようとしてる……？

そんなこともよぎったりして、危険を感じなくもなかった。

でも、最後は好奇心にあらがえず、私も自転車を停《と》めて林の中に足を踏み入れた。

蟬《せみ》しぐれを浴びながら、できるだけ距離を取って紅谷さんを尾行した。

向こうは何度もここに来ているのか、迷うことなく進んでいく。

そんな中、少ししてから私は焦った。

やぶ蚊に気を取られているうちに、紅谷さんの姿を見失ったからだ。

自転車を停めた場所にはGPSでなんとか戻れそうだったけど、ここまで追ってきたのにという悔しい気持ちが膨《ふく》らんだ。

私はあてもないままあたりを歩いて、紅谷さんの姿を探してみた。

どこ行ったんだろ……。

そのとき、何かの気配を感じて立ち止まった。

そうして視線をあげた瞬間、私は言葉を失った。

紅谷さんが、そこにいた。

でも、状況がとにかく異様だった。

紅谷さんは一本の木に両手両足でしがみついて、首をかたむけて幹にかじりついていたのだ。

どういうこと……⁉

後ずさりしたとたんに落葉《おちば》ががさりと音を立てた。

しまった、と思ったときには遅かった。

私は木にしがみついたままの紅谷さんと目が合った。

ヤバい、と思った。

逃げないと、とも本気で思った。

それなのに、恐怖で身体がかたまって一歩も動くことができなかった。

そのあいだにも、紅谷さんはひらりと木から飛び降りて落葉の上に着地した。

口からは鋭い二本の牙のようなものが伸びていて、ぽたりぽたりと何かがしたたり落ちていた。

ウソでしょ、とパニックになる。

こんなの、ヴァンパイアじゃん……!?

「見られたかー、めんどくさいなー」

いかにもだるそうな感じで、紅谷さんが口を開いた。

「しょうがない、しちゃうかー」

二本の牙がぬらりと光り、私は血の気が引いていく。

ヴァンパイアがすることと言ったら、ひとつしかない。

首筋《くびすじ》を噛《か》んで、血を吸うことだ。

私、今日で死んじゃうの……？

楽しかった思い出が、急に頭に浮かんでくる。

嫌だ……。

心の底から恐怖も湧《わ》きあがってくる。

嫌だ……嫌だ嫌だ嫌だ嫌だ……！

「うわあああ！」

無意識のうちに叫んでいた。

「嫌あああ！」

「ちょっと、静かにして！　これ以上、誰かに見られたくないんだけど！」

紅谷さんは猛スピードで迫ってくると、その細い腕からは考えられないような強い力で私の肩をがっちりつかんだ。

「ごめんなさいごめんなさいごめんなさいいい！」

「は？」

「殺さないで殺さないで殺さないでえええ！」

「なに言ってるの？」

紅谷さんは眉をひそめて、すぐにつづけた。

「……あっ、そういうことか」

その直後、私は唇をつままれた。

「あのさ、分かったから、とりあえず静かにしてくれるかな?」

「ふがふがふが!」

もがいていると、紅谷さんは強く言った。

「しっ!」

その言葉で我に返った。

あれ? 私、まだ生きてる……?

そう思った瞬間に、いや、と思う。

これから血を吸われるんだ……!

「どうせ、血を吸われるって思ってるんでしょ?」

ズバリ言われてドキッとした。

紅谷さんは重ねて言った。

「しないから」

「えっ?」

「血なんか吸わないって言ってるの。というか、そう思われるの、逆に心外なくらいなんだけど」

気がつけば、私は解放されていた。

どういうこと……？

私はなんとか口にする。

「でも、さっき『しちゃうかー』って……」

「説明をしちゃうかーってことなんだけど。この状況の」

「ええっ……？」

じゃあ、と私はつぶやく。

「血、吸われないの……？」

「だから、そうだって言ってるでしょ」

本当だろうか、とまだまだ疑う気持ちのほうが強かった。

おそるおそる、私は尋ねる。

「だけど、紅谷さんって、その……絶対にヴァンパイア、だよね……？」

紅谷さんはうなずいた。

「そう」

あまりにあっさり認められて、かえって拍子抜けしてしまう。

「ってことは、やっぱり血を……」

「吸わない」

「ええっ？　でも、紅谷さんはヴァンパイアなんだよね……？」

「この堂々めぐり、いつまでつづけるつもりかな」

「ご、ごめん！」

私は慌てて無理やり頭の中を整理する。

「じゃあさ……紅谷さんはヴァンパイアではあるけど……血は吸わないヴァンパイアってこと？　えっ、じゃあ、何を吸うの？　あっ、何も吸わないってこと……？」

「吸うよ。これを」

紅谷さんはさっきの木に近づいて、こつんと叩《たた》いた。

「樹液《じゅえき》」

「樹液……？」

ふと、紅谷さんの口元が視界に入る。

冷静になって見てみると、そこからしたたり落ちているのは血なんかじゃなくて、黄色っぽくて透明な汁のようなものだった。

頭の中に、紅谷さんが幹に噛みついていたさっきの光景もよみがえる。

ってことは、紅谷さんは本当に樹液を吸ってたってこと……？

「落ち着いたなら、とりあえず座ろうか。いろいろ説明してあげるから」

その指さす先には腰をかけられそうな倒木があった。

私はおずおず、そこに座る。

紅谷さんが口を開く。

「で、何から聞きたい？」

「えっと……」

少し考えて私は言った。

「ヴァンパイアなのに血じゃなくて樹液を吸うっていうのは……」

紅谷さんはすぐに答える。

「主義みたいなものかな。人間で言えば、ベジタリアンみたいな」

話をゆっくり消化しながら、私は尋ねる。

「……そういうヴァンパイアって、いまは多いの？」

「けっこう多くなってるみたい。まあ、そうしてる理由はそれぞれって感じだけど。私の場合はむやみな殺生《せっしょう》をしたくないってのが大きな理由。でも、中には最近の人間の血は汚れてるからマズくて吸えたもんじゃないっていう一派もいるみたい。悪玉《あくだま》コレステロールとか中性脂肪《ちゅうせいしぼう》とかの数値が悪すぎる人間が増えてるっていうし。あと、これは昔からだけど、年をとったら人間の血が胃もたれするようになってきて、あんまり吸いたくなるものなんだって」

「そうなんだ……」

話題は血を吸うか吸わないかという、自分とは遥《はる》かにかけ離れたもののはずだった。なのに、私はどこか他人事《ひとごと》のように思えず、身近な話みたいに感じてしまう。

私は牙のことも聞いてみた。さっきまで鋭く伸びていたそれは、今はふつうの長さに戻っていた。紅谷さんによると、その犬歯にあたる二本の牙は出し入れができて、ふだんは引っこめて生活しているという。牙はもし木をかじったりして折れたとしても、すぐに下から生えるらしい。

そのとき、あることを思いだして私は言った。

「そういえば、ゼリーは？　いっつもお昼に食べてるよね？　あれも何か関係あるの……？」

紅谷さんが食べているゼリーは、たしか茶褐色《ちゃかっしょく》だった。いま思うと血の色に似てなくもなく、もしかしてあれは血を固めたゼリーだろうかと不安になった。

が、紅谷さんの答えはぜんぜん違った。

「ああ、あれはただの昆虫ゼリー」

「なに……？」

「知らない？　昆虫ゼリー。カブトムシとかクワガタとかを飼《か》うときのエサ。私のは、あれの容器が大きい版」

私は昔、弟が飼育ケースでオオクワガタを飼っていたときのことを思いだす。

あのゼリーと同じやつ……？

驚きながらも、長年の謎が解けてすっきりしたような気持ちにもなる。

紅谷さんはこうつづける。

「昆虫ゼリーの成分って、樹液と似てて。味は天然モノにはかなわないけど栄養的には申し分ないから、学校にいるときとかは代用してるの。あとは、木から樹液が出づらい冬とかにも助かってるかな」

それを聞いて、私はつぶやく。

「樹液って、いつでも出るわけじゃないんだね……」

紅谷さんはうなずいた。

「時期もだし、木なら何でもいいわけでもないよ。さっき吸ってた木はクヌギっていうんだけど、ほかはコナラとかヤナギとかの樹液がいい感じ。基本的にはカブトムシなんかとおんなじで、例外はサトウカエデくらいかな」

「サトウ……って、人の名前？」

「いや、誰それ」

その鋭い口調とは裏腹に、紅谷さんの表情は少しやわらいだように見える。

「サトウカエデはメープルシロップの原料になる樹液を出す木。樹液はメープルウォーターっていって春先に二週間くらいしか出ない貴重なもので、とってもも上品でおいしくて」

「へぇぇ……」

話に耳を傾けながらも、私はうっすら「あれ？」と思う。

紅谷さんって、こんなに話す人だっけ……？

そのあいだにも、紅谷さんは言葉をつむぐ。

「でも、サトウカエデって日本にはあんまりなくて。だから私は毎年、家族でカナダまで吸いに行ってて」

それを聞いて、声をあげた。

「毎年カナダ⁉　うらやましい！」

いや、と紅谷さんはすかさず言った。

「それが、行き帰りが大変で。自分で飛んでかないといけないから」

「ヴァンパイアって、コウモリに変身できるの。こんな感じで」

「飛ぶ……？」

その瞬間のことだった。

紅谷さんの姿がパッと消えた。かと思ったら、紅谷さんの座っていたところに一匹のコウモリが止まっていた。

コウモリは羽を広げて飛び立つと、私の周りをぐるぐる回った。

しばらくして元の場所に戻ってくると、それはたちまち紅谷さんへと姿を変えた。

「いまのコウモリ、紅谷さん……？」

「そう、ヴァンパイアの力のひとつで、こうやって飛んで移動できるわけ。って言っても、カナダみたいな遠いとこには飛行機で行ったほうが断然早いしラクだよ？　でも、うちは毎年飛行機で海外旅行ができるほど裕福《ゆうふく》じゃないから、しょうがなくいつも自力で海を渡ってるの」

紅谷さんはこんなことも教えてくれた。

彼女たちのルーツはルーマニアにある。が、時代とともにほかの地に移住する者が現れて、今ではヴァンパイアは世界中のどこにでもいて人間に紛れてふつうに暮らしているらしい。

人との混血も進んでいて、中には出自がうまく次の世代に継承《けいしょう》されずに、自分にヴァンパイアの血が流れていることを知らない人もいるのだという。

「でも、ヴァンパイアって不死身なんだよね？　それでいつかは気づくんじゃ……」

「そんなわけないでしょ。それは人間が勝手に作った、ただの迷信。まあ、私たちは人間より長生きできる傾向が一応はあるらしいけど、そんなに変わらないかな」

「じゃあ、心臓に杭《くい》を打たれたり銀の弾丸《だんがん》にやられなくても死んじゃうんだ……」

「そういうこと」

ただ、と紅谷さんは言った。

「もちろん、杭も弾丸も、それはそれで受けたら即死だろうけど」

「えっ！　そういうの、やっぱりヴァンパイアに効果あるんだ……！」

「いや、ヴァンパイアにっていうか、生き物にはふつうに効果があるよね」

冷静に言われて、私は、たしかに、と恥ずかしくなる。

「そ、そうだよね……！」

ごまかすように、私は重ねる。

「あっ！　日の光は？　そういうのも苦手って聞くけど……」

「好きではないかな。焼けたくないから」

「ニンニクは？」

「それもあんまり。食べたあとは臭いが気になっちゃうし」

おんなじじゃん、と私はびっくりしてしまう。

ヴァンパイアも人間も——というか紅谷さんも私も、おんなじような感じなんだ……。

そう思うと、申し訳ない気持ちがこみあげてくる。

勝手に不気味だと思いこんで距離を取って、私は何をやってたんだろう……。

「あのさ、紅谷さんって、もしかして自分がヴァンパイアだからみんなとはあんまり話さないようにしたりしてたの……?」

「そこは別に関係ないかな。一人のほうが気楽ってだけだし、そもそも、なに話したらいいかも分からないし」

やっぱり一緒だ、と胸に刺《さ》さった。

私だって正直なところ、みんなとなにを話したらいいか、よく分からなくなることがある。

適当に合わせてるだけのときも、いっぱいある。

私、これまで紅谷さんの何を見てきてたんだろう……。

そのとき、紅谷さんが口を開いた。

「そろそろ帰ろうか」

気がつくと、いつの間にかあたりは夕闇に包まれていた。

「もうこんな時間になってたんだ……！」

暗くて道に迷いそうだなと思っていると、紅谷さんは先に立ってためらいもなく歩きはじめた。

「えっ、紅谷さん、見えてるの……？」

「見えるっていうか、感じるっていうか。私、コウモリの超音波的なやつが使えるから」

そう言うと、紅谷さんはこっちに戻ってきて私の手を取ってくれた。

その手は少し冷たかった。

でも、不思議と温かい何かが伝わってきた。

「じゃ、行こうか。早く家に帰りたいし」

紅谷さんはこう言った。

「あの本、まだ読んでる途中だから。ラストの裏切りが楽しみだな」

暗くて表情は見えなかったけど、その口調にはいたずらっぽい感じがあった。

私は手を握りしめて、紅谷さんについていった。

林を抜けだした頃には、すっかり夜になっていた。

街灯に照らしだされて、二台の自転車が浮かびあがる。

帰るかぁ——。

そう思ったときだった。

私は「うん？」と首をかしげた。

紅谷さんの様子がなんだかおかしいことに気がついたのだ。

いつからなのか紅谷さんはそわそわしていて、ふだんの落ち着いた感じがウソみたいに消えていた。

「どうしたの？　体調でも悪くなった……？」

紅谷さんは首を横にふった。

「大丈夫……」

「でも、なんか変だよ？」

「なんでもないから、先に帰って……」

そう言われても、放っておけるわけがない。

しばらく押し問答をつづけていると、紅谷さんはあきらめたように「じつは」とこぼした。

「樹液が主食のヴァンパイアは、ときどき自分を抑えられなくなることがあって……私もそうで……」

「えっ……」

自分を抑えられなくなる……？

もしかして、と嫌な予感に襲《おそ》われる。

それって、やっぱり反動で血を吸いたくなっちゃうとか……？　ってことは、紅谷さんがそわそわしてるのは私の血を吸いたくなってるってこと……!?

そのとき、紅谷さんは声をあげた。

「ああっ！　我慢できないっ！　ごめんっ！」

瞬時のうちに、私は腹をくっていた。

紅谷さんならいいや……もうどうにでもなれっ！

でも、紅谷さんは私に噛みついてきたりはしなかった。

それどころか、どういうわけか急にコウモリの姿に変身した。

その紅谷さんは羽ばたいて、猛スピードで上昇していく。そうして、同じところをぐるぐると回りはじめた。

しばらく呆然《ぼうぜん》と眺めるうちに、あっ、と悟るところがあった。

そういうことか――。

とたんに私は微笑《ほほえ》ましくなってきた。

さっきの紅谷さんの取り乱しっぷりもよみがえる。

ギャップがあって、なかなか悪くなかったよな……。

樹液がどこまで影響しているのかは分からない。

いずれにしても、どうやら彼女には虫みたいな習性があるらしい。

コウモリになった紅谷さんは、集まってきた虫と一緒にまぶしく光る街灯の周りをいつまでも興奮気味に旋回《せんかい》していた。

Episode 8

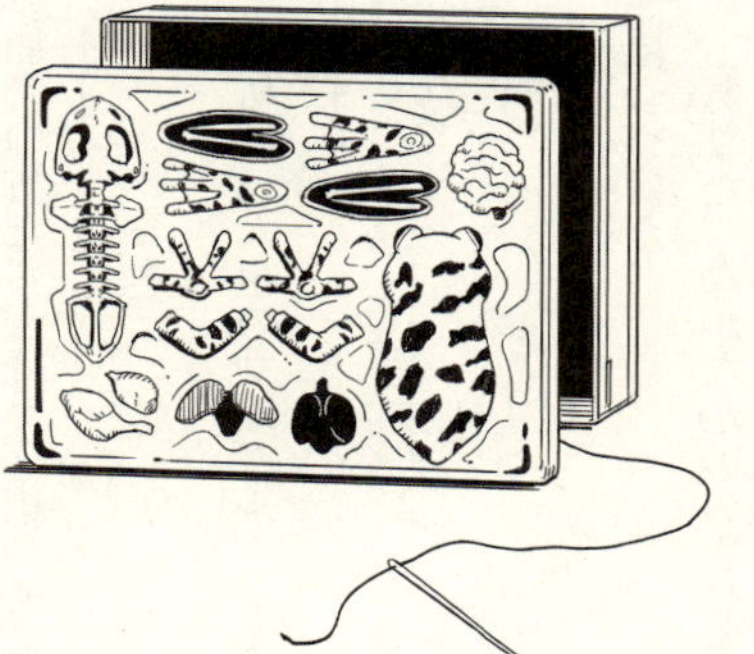

バイオ手芸

開始の時間が迫るにつれて、参加者の方たちが続々と集会所にやってきた。

多くは地域のお年寄りの方たちだ。

「あら、あなたが先生のところの？」

みなさんを席に案内していると、私は三人組の女性グループから話しかけられた。

「はい、アシスタントの進藤《しんどう》と申します」

「進藤さん。お鼻をケガしてるみたいだけど……大丈夫？」

女性は私の鼻脇のガーゼを指さした。

「これは、ええ、まあ……」

私がにごしているうちに、女性はつづけた。

「でも、そのガーゼがなかったら、あなた、なかなかいい男じゃないの」

隣の女性たちも口々に言った。

「俳優のなんとかさんにも似ていない？　最近ドラマによく出てる」

「分かる分かる。えっと、誰だっけ？」

「誰だったかしら……もしかして進藤さん、その俳優さんじゃないわよね？」

女性たちの勢いにおされ、私はたじたじになる。

「いえ、私はただのアシスタントですので……」

「そうなの？　なんだかもったいないわねぇ。あなたなら、俳優さんでもいいところまで行けそうなのに」

「でも、そしたらここには来られなくなっちゃうわよ？」

「それは困るわね。ところで、進藤さん、恋人はいらっしゃるの？」

「いえ、あの……」

私は苦笑でごまかしながら、女性たちを席へと案内する。

受付に戻ると、後ろから声をかけられた。

「なかなかモテてるみたいで結構ね」

振り返ると蘭《らん》先生が立っていた。

「いえ、今のは……」

先生は意地悪そうな笑みを浮かべながらも、「ほら」と私の鼻を指さした。

「またいつもの癖《くせ》が出てるよー」

「あっ……」

言われて私は気がついた。無意識で鼻をぬぐっていたことに。

「ほんと、あなたは分かりやすいわね。困ったときは、いっつもそれ。ケガしてるんだし、気をつけなさいよ。まあいいわ。それより、そろそろみなさんお集まりになったんじゃないかしら」

私は慌ててあたりを見回す。

用意していた座席は、いつしか満席になっていた。

「そ、そうですね！　はじめましょう……！」

私は部屋の中を駆《か》け回り、参加者の方のひとりひとりに小型のクーラーボックスと縫合《ほうごう》セットを配っていった。それぞれの席には顕微鏡《けんびきょう》も設置されていて、みなさんが興味深そうに眺めている。

配り終わると蘭先生が前に立って、簡単に自己紹介した。

自分の名前と生まれ年。この故郷に帰ってきたのは、今年になってからだということ。この地でたまたま今日の参加者のひとりと知り合い、ワークショップをする機会をいただいたこと。

それ以上の経歴などは語らずに、先生はみなさんにこう言った。

「前置きはこれくらいにして、さっそく内容に入りましょう。戸惑う場面もあるかもしれませんが、ぜひリラックスして楽しみながらやってくださいね。まずは消毒をしてゴム手袋をつけた方から、手元のボックスを開けてみてください」

その直後、あちこちから「あら！」「まあ！」「わぁ！」という声が上がる。みなさん、びっくりしつつも興味津々《きょうみしんしん》の少年少女といった感じで、私もつい微笑《ほほえ》んでしまう。

「この中に、今日使う一式が入っています。中にこういうハートマークのついた袋が入っているので、取りだしてください」

先生に促され、全員が同じ袋を取りだした。それは真空パックになっていて、真ん中あたりが大豆くらいのサイズにぷっくりと膨《ふく》らんでいる。

先生はお手本として袋を開けて中のものを取りだすと、手のひらにのせた。カメラを通じて、その様子はモニターにアップで映しだされる。

次の瞬間、おおっ、という声が部屋中に響《ひび》いた。

ネオンピンクの小さなものが、どくんどくんと拍動《はくどう》をはじめたからだ。

「これがカエルの人工心臓です」

シリコンのような質感のそれは、まるでおもちゃのように見える。が、実際にカエルの心臓として機能する代物《しろもの》だ。

「どうぞ、みなさんも開けてみてください」

途端に部屋中がわきかえる。はじめに私に声をかけてくれた女性グループの方々も目を輝かせる。

「見て！　私のも動いた！」

「もっとグロテスクなのかと思ってたけど、かわいいくらいね！」

「まさに生きてるっていう感じ！」

いい反応でよかったな、と安堵《あんど》する。

蘭先生もうれしそうに微笑んでいる。

「では、バイオ手芸をはじめましょう」

先生の手の上で、人工心臓がどくんどくんと拍動をつづける。


蘭先生は生物工学――バイオエンジニアリングの世界的権威だ。

いや、今は「だった」と言ったほうが適切かもしれない。

先生は少し前に引退して、故郷に戻って残りの人生をゆっくり過ごしているからだ。

もちろん、引退を表明したときは世界中のあまたの研究機関が慰留した。

先生の引退は学界の大損失です。

まだ引退というお年でもないじゃないですか。

でも、先生の意思は固かった。

「この四十年の研究者人生に悔いはありません。それに、私がいたら何かと若い人も動きにくいでしょうから」

そんなことは、と誰もが引き留めたものだったが、先生は後進に未来を託すとさっさと去っていってしまった。

私もはじめは、先生に同行させてもらえないことになっていた。

「あなたは新しい場所を自分で見つけて、好きなように生きなさい。どこにいてもすぐに会える時代なんだから、困ったら遊びに来たらいいじゃないの」

でも、先生のそばで長年仕えてきた身としては、やりたいことなどほかになかった。

「私は引き続き、先生のアシスタントに徹《てっ》することが本望です。仕事は引退されたと言っても、おひとりだときっと何かと大変です。先生は片づけや整理が苦手ですし。それで新しく誰かを雇《やと》うくらいなら、私を連れていっていただいたほうが面倒も少なくて済みますよ」

先生は考えこむような様子を見せた。

やがて、こう口にした。

「……まあ、たしかに。一理あるわね」

そうして私は、先生の故郷に連れていってもらえることになったのだった。

先生は故郷に戻ってしばらくのあいだは、かつてないほどのんびりとした時間を過ごした。昔の友人の連絡先も分からないので、近くに部屋を借りた私を話し相手にひっそりと暮らしていた。

変化が訪れたのは、ある日のことだ。少しずつ地域の人との交流が生まれはじめて知り合いが増えていくなかで、蘭先生の功績を知っている人と出会ったのだ。

その人を起点に噂《うわさ》は地域に広まって、ぜひ先生の話を聞かせてほしいという好意的な声が寄せられた。

折しも、先生も平穏な毎日に退屈しはじめていた頃で、故郷のためになるならばと二つ返事で快諾した。

「でも、ただ話をするだけじゃつまらないわね」

先生はしばらく考え、私に言った。

「そうだ、例のワークショップを開くのはどうかしら。バイオ手芸で、人工生物づくりに挑戦してもらうっていうのは」

それはまさに蘭先生の専門分野に関係していた。

先生は、細胞から人の心臓を人工的につくる研究に取り組んできて、世界で初めてそれに成功した人だった。細胞を含んだバイオインクを３Ｄプリンターで立体的に積み上げていき、天然の心臓と同じものをつくりあげるというものだ。

　形をまねたものをつくる技術なら、それまでにも存在していた。実験室のなかだけならば、ある程度の機能も実現できていなくはなかった。が、かつての技術では心臓の細部を再現できず、移植しても血液などの循環がうまくいかなかったり、しばらくすると形が崩れてきたりして、課題は多く残されていた。

　その点、蘭先生の功績は、身体《からだ》の中で長いあいだ丈夫さを保ったまままきちんと機能する心臓をつくったことだ。

　その実現には、まず心臓を構成する細胞や組織への深い理解が必要だった。そもそも、心臓をはじめとした臓器は無数の細胞や組織が複雑に関係し合ってできている。実用的な心臓をつくるためには、その細胞や組織の関係性を解き明かし、緻密《ちみつ》な構造を完全に再現しなければならなかった。

　もうひとつ、3Dプリンターとバイオインクの大幅な改良も求められた。かつてのものでは、緻密な構造を再現するのにプリンターの精度が足りず、長期にわたって形と機能を維持《いじ》できるようなものにするにはバイオインクの積み上げ方やインク自体の耐久性《たいきゅう》を改善する必要もあった。

　それらの課題に蘭先生は挑みつづけ、ついに人工心臓が誕生した。

先生の人工心臓は実験動物に移植しても問題なくポンプとしての役目を果たし、天然の心臓と同じように血液を全身に力強く送りだした。丈夫さこそ現段階では天然のものには及んでおらず、二十年ほどで新しいものと交換しなければならなかったが、それを考慮しても画期的《かっき》であることに変わりはなかった。

程なくして人への移植の安全性も確認されて、本格的に人体への移植がはじまった。そうして人工心臓は、心臓移植を必要とする多くの人たちを救ってきた。

蘭先生はというと、耐久性の向上はほかの研究者たちに一任し、新たなステージに移行した。

ほかの臓器も人工的につくろうという試みだ。

先生はそれを次々と成功させていき、人体におけるほとんどの臓器を人工的につくりだせるようになった。患者さんに移植された人工肺は身体の中で酸素と二酸化炭素のガス交換をし、人工胃は胃液を分泌して食べたものを消化して、人工腎臓は老廃物をきれいに濾過《ろか》した。

先生は病に苦しんでいた世界中の人たちから感謝され、神のようにあがめられた。

しかし、世間では同時に問題も持ち上がっていた。

法や倫理に関することだ。

たとえば、先生のつくった人工臓器は天然の臓器と同じとみなすのか、あくまで「物」とみなすのか。老化などの病ではない要因で臓器の機能が低下したとき、人工臓器との交換を許容してもいいものか。人工臓器は一人につき、際限なくいくつでも使用していいものか……。

人工臓器は、二つ以上を隣り合わせて接続しても問題なく機能することがすでに実証されていた。

となると、おのずと持ち上がるのが、仮に全身が人工臓器に置き換わった人造人間が現れた場合、その存在をどう扱うのかという問題だった。

たしかに現時点では、３Ｄプリンターやバイオインクの性能から、人ひとりの全身を一度にプリントすることは不可能だ。それどころか、複数の臓器をつなげた状態でプリントすることさえも難しい。

が、いつかできるようになったときは、どうするのか。

いや、実際のところ、それは「いつか」の話ではなかった。人造人間は、なにも全身を一度にプリントしなくとも実現できなくはないからだ。

人工臓器の移植では、医療用の糸を使って血管などと縫い合わせていく方法がとられる。その延長で、もし人工臓器をひとつずつ根気よく縫い合わせていき、全身をつなげたら？

時間は膨大にかかるだろうし、縫合されたものの集まりがどう振る舞うのかも未知数だった。

しかし、理論的には不可能ではない——。

称賛を浴びるばかりだった蘭先生は、しだいに恐れられるようになっていく。

あいつは神なんかじゃない。狂気《きようき》の悪魔だ。

もちろん、人工臓器によって救われた人たちは変わらず蘭先生を慕っていたし、世間の多くも実際に役立っているのだからと静観していた。が、一部の人たちの嫌悪感は強まるばかりだった。

矛先《ほこさき》は、蘭先生のプライベートにも向けられた。

先生の弟は、若くして心臓の病で亡くなっていた。

その事実から妄想《もうそう》を膨らませた人たちは、こう批難した。

あの悪魔は、弟をこの世によみがえらせようとしているに違いない。まさにフランケンシュタインだ。死体をつないで怪物を生んだ、あの危険な科学者とおんなじだ。

言うまでもなく先生の研究は死者うんぬんとは無縁だったが、反対派は嬉々《きき》として主張をつづけた。

一方で、その反対派に向けた反論も当然あった。

蘭先生の研究によって、いまやほとんどあらゆる臓器がつくれるようになった。しかし、唯一、もっとも複雑な脳だけはまだつくることができておらず、その難しさに多くの研究者もさじを投げてしまっていた。

いくら人工臓器を縫い合わせて人体をつくったところで、脳がなければ人造人間は完成しない。それは単なる器に過ぎず、動くことも命を持つことも永遠にない人形だ。

いやいや、と反対派はさらに反論する。

では、その脳をつくれる技術が完成したら？　そもそも、脳がないから命もないと言えるのか？　というか、脳の話以前に肉体の器をつくるだけでも十分に冒瀆《ぼうとく》的だ——。

私もすべての経緯《けいい》を知っているわけではなく、あとから聞いた話も多い。

いずれにしても、反対派の声は日に日に大きくなっていて、それになびく人たちもじわじわと増えているような気配があった。

そんな中でも蘭先生はどこ吹く風で研究に没頭していた。

「議論が活発なことはいいことじゃない？　私だって、それで気づかされることもなくはないし」

ですが、と私は進言した。

「先生の研究を、もっと一般の方にも広く知っていただいたほうがいいんじゃないでしょうか。このままでは、そのうち研究に支障が出かねません。理解を得られれば研究もやりやすくなりますし、より有意義で建設的な意見も出てくるはずです。みなさんにとっても、身体や命について考えていただくきっかけになるのではないでしょうか」

「まあ、たしかにね。だけど、どうしたらいいかな」

私は言った。

「子供向けのワークショップを開催するのはどうでしょう。それで興味を持ってもらえれば、この分野を目指す後進の育成にもつながるのではないかと思います」

「それって、子供たちに人の人工臓器づくりを体験してもらうってこと？」

「いえ、それはそれで貴重な機会になるでしょうが、もう少しハードルを下げたものがいいと思います。たとえば、人工のカエルをつくってもらうワークショップはいかがですか？カエルの人工臓器を縫い合わせて、一匹の人工カエルをつくるものです」

私はつづけた。

「カエルの臓器の配置は人とよく似ていますから人体を理解することにつながりますし、何より今ある技術ですぐにでも実施《じっし》が可能です。脳の部分は人工知能で代用すれば、現行の法律では生き物だとみなされませんので特別な許可もいりません。昔は学校でカエルの解剖実験が行われていたそうですが、こちらはカエルの命を奪わずに同じようなことを学べる、よい機会になるのではないでしょうか」

カエルをはじめとした小さな生き物の人工臓器の製造技術は、人でのものが完成するよりずいぶん前から実現していた。そして、研究のためにそれらの人工臓器を縫い合わせてひとつの個体に仕上げることも日常的に行われていた。

先生は少し考える仕草を見せた。

「いい案だけど、いくつか課題もありそうね。臓器や血が苦手な人は案外と多いこと。いくらカエルのものだといっても、抵抗感を覚える人はたくさんいるはずよ。あとは、カエルだって身体の構造は決して単純じゃないから、子供が縫い合わせていくのはどう考えても難しい」

「そうですね……」

うなずきつつも、私は少し思案してから口にした。

「……でしたら、人工臓器を樹脂《じゅし》の膜で覆《おお》うのはどうでしょうか。心臓でいう心膜のようなイメージです。血は……赤くない人工血液を開発する。身体の構造は……極限まで簡略化する」

「簡単に言ってくれるわね」

先生は苦笑した。

「全部、まだ誰もやってないことだと思うんだけど。まあ、誰かがやれば、いつかはそんなワークショップも実現するかもしれないわね」

「何をおっしゃっているんですか。先生ですよ」

「私？」

「その教材を開発するのは先生ではありませんか。学界の未来のために、絶対にやるべきです」

完全に想定外だったようで、先生は目を丸くした。

「いや、私は……」

さえぎるように、私は言った。

「やりましょう！」

お互いが、しばらくのあいだ無言で見つめ合った。

先に折れたのは先生だった。

「しょうがない……がんばってみるかぁ……」

そうして誕生したのが、生き物を縫ってつくりあげることのできるバイオ手芸のキットだった。

「次に取りだしていただきたいのが、こちらです」

カエルの人工心臓に驚いている一同を前に、蘭先生はボックスの中から別の袋を取りだした。

開封すると、手のひらほどのサイズのカエルが出てきた。ネオングリーンをしたそれは、やはりシリコンのような質感だ。

「こちらが、カエルの骨格を皮膚で覆った本体です。頭部に加えて、基本的な筋肉や血管、神経などがあらかじめ縫合されています。もちろん、すべて人工的につくったものです」

先生はカエルを裏返し、その様子はモニターにも映しだされる。カエルのお腹《なか》はぺろんと左右に開かれていて、中はほとんど空洞になっている。

「ところどころに血管などがあるのが分かりますか？　ここに人工臓器を縫い付けていくんですが、作業はとても細かいので顕微鏡を使って行います。道具類は縫合セットに入っています」

先生が縫合セットから針を取りだしカエルの本体を顕微鏡の台に置くと、映像が手元のものから顕微鏡のものへと切り替わった。湾曲《わんきょく》した小さな針の片側には、髪の毛よりも細い糸がついている。片手にピンセットを持ち、もう片方で持針器《じしんき》と呼ばれるペンチのような器具を持つと、二つを操《あやつ》って持針器の先で針を挟む。

先生は仰向《あおむ》けのカエルの胸のあたりに、どくんどくんと拍動している心臓を置いた。心臓から出ている血管をピンセットで丁寧《ていねい》につまみ、カエルの本体から出ている血管のひとつに近づける。

「背中側にあるのが大静脈《だいじょうみゃく》で、これが左前大静脈です。まずは、この血管同士を縫い合わせていきます」

先生は縫い方をみなさんに説明した。そして、ピンセットと持針器を操りすいすいっと縫っていって、あっという間に大静脈と身体の血管をつなげてみせた。

「はい、こんなような感じですね」

教室中は大きな拍手に包まれる。

「さすが先生！」

「あんなにすいすいっ！」

「美しいっ！」

先生はつづけてほかの血管も縫合していき、心臓を本体につなぎ終えた。

「まずは、ここまでやってみましょう。みなさんもパックを開けて、縫いはじめてみてください」

その声で参加者の方たちも針を取りだし、顕微鏡をのぞきながら持針器とピンセットを手にしてさっそく縫合に挑戦しだした。

「何かあれば、いつでもお声かけくださいね」

先生と私は、みなさんのあいだを巡回してサポートに努める。

すぐに女性三人組のひとりが手を挙げて、私はそちらに駆けつけた。

「あの、私、絶対に先生みたいにうまく縫えないです……」

私は答える。

「大丈夫です。焦らずゆっくりやってみてください」

「でも、もしちゃんと縫えてなくて血がもれちゃったら……」

不安そうな女性に、私はうなずく。

「まさに命にかかわる問題ですので、実際の手術ではカエルでも人でも細心の注意が必要です。かと言って時間をかけすぎると、身体への負担がどんどん大きくなっていきます。医者の技量が求められるところですね。ただ、このバイオ手芸のキットはきれいに縫えていなくても血管同士が強くくっつくようになっていますので、安心してください」

このバイオ手芸は、もともと子供たちが取り組めるように細部には柔軟性をもたせていて、うまくできなくてもフォローできる仕組みになっている。それによって、手術の難しさを知ってもらうという狙いがある。

「それなら、がんばってみます……！」

女性は真剣な表情で顕微鏡に向かい、少しずつ縫ってみてくれはじめる。

やがて、全員が左前大静脈を縫い終えたところで、先生は言った。

「次は右前大静脈です」

先生のお手本を見たあとで、みなさんも自分のものを縫いはじめる。

それが終わると先生のあとにつづいて左動脈幹、右動脈幹と進んでいって、心臓が縫い終わった。

「次は肺にいきましょう」

先生がボックスから取りだした肺を縫い、またみなさんがそれにならう。

時間をかけて縫い終わり、次へと移る。

肝臓、胆のう。

途中で休憩を挟みながら縫い進める。置いていかれる人のいないように、私も全力でフォローする。

作業をはた目で見ていると、シリコンのおもちゃを縫っているようにしか見えないだろう。

世間では、そのことを指して命を軽く扱っているという意見も根強くある。

学ぶのならば、見た目も本物の人工臓器にしないと意味がなく、これではただの遊びで終わってしまう。ましてや、身体構造が簡略化されたキットでは何も学べることはない。

そんな意見だ。

それも一理あるだろう、と先生も私も受け止めている。

しかし、先生の姿勢は一貫している。

「バイオ手芸は、あくまでこの世界への入口なんです。まずはハードルを低くして人工臓器に触れる機会をたくさん設けて、興味を持ってくれる人を増やすことが大切です。そうして裾野《すその》が拡大すれば、さまざまな面でこの学界が発展していき、人々の理解も深まり、救える命もおのずと増えていくのではないかと考えています」

先生と私は、実際のワークショップの時間のなかで変貌《へんぼう》していく子供たちを何度も目の当たりにしてきた。最初は遊び半分で取り組んでいた子供も、人工カエルができあがっていくにつれてまなざしに変化が現れる。そして、最後はどの子供たちも完成した自分のカエルをかわいがりながら、命の不思議さと大切さに思いを馳《は》せるようになってくれる。

それと同じ現象が、年齢など関係なくいま私たちの前でも起こっていた。

参加者のみなさんの真剣な表情。

それを眺められる幸せを噛《か》みしめる。

胃、腸、脾臓《ひぞう》……。

やがてキットの中の臓器のすべてを縫い終わり、左右に開いたお腹の部分を縫い合わせる段階になる。

その作業が終わると、先生は言った。

「次が最終工程で、人工血液を輸血したいと思います。それが引き金になって、脳の代わりの頭のチップが起動するようになっています」

先生は、点滴で人工カエルに輸血をしていく。その血の色は、当初の目論見《もくろみ》とは違って本物の血液と同じように鮮やかな赤だ。背景には、正直なところ機能を保ったまま血液の色を変えるのは難しいという理由があった。が、この段階までワークショップが進むと参加者の方たちの血液への抵抗感はほとんど薄れ、進行に支障がないほどになっていることが実施を重ねるにつれて分かっていた。

今日も悲鳴ひとつ上がらずに、みなさんは先生の手元をじっと見つめた。

輸血を終えてしばらくすると、人工カエルは麻酔から覚めたようにのそのそと動きはじめた。

「わぁっ！　歩いた！」

「本物みたい！」

「ぶすっとしてる！」

先生につづいて、全員が自分のカエルに輸血をはじめる。

そのうち、あちらこちらで人工カエルが動きはじめ、テーブルの上をネオングリーンがぴょこんぴょこんと跳ね回る。

「ジャンプしてる！」

「かわいいっ！」

「ね！　私、カエルは苦手なはずだったんだけどっ！」

時間がたっても興奮は冷めやらぬまま、ワークショップは終了の時間がやってきた。

最後に、蘭先生はみなさんに向かってこう言った。

「この人工カエルは、法律上は単なる物に過ぎません。エサを与えるとしばらくは動きつづけますが、バイオ手芸用の人工臓器は耐久性が低いので一か月ほどで病気になって動かなくなります。ですが、今日の体験がみなさんにとって命や身体のことを考えるきっかけになればと願っています」

先生はあまり多くは語らなかった。

参加者のみなさんは、自分のつくった人工カエルを大事に抱えながら先生の言葉に耳を傾けていた。その姿から、みなさんにとって何か響くものがあったのであろうことは明らかだった。

先生はつづけた。

「また機会があれば、別の生き物にも挑戦してみましょう。カメ、インコ、ネズミ……ほかにもいろいろなキットがありますので」

帰り際、私は女性グループから声をかけられた。

「進藤さん、今日はとってもよかったわ！」

「先生の説明もご丁寧で、分かりやすくて！」

「興味本位だったんだけど、参加してみて本当によかった！　手先を動かして、いい脳トレにもなったわね！」

女性たちは高揚《こうよう》気味に口にする。

「カエルを自分でつくってみて……私、なんだか自分の心臓とか肺のことも愛《いと》おしくなっちゃった」

「ほんとよね。もっと労《いたわ》ってあげないとって、私も思った」

「なんだか、自分は生きてるんだなぁって実感できた。このカエルも大切にしてあげなくちゃいけないわね」

「次の会も、今から楽しみね！」

「また絶対に開いてね！」

「進藤さんにも会いたいし！」

そう声をそろえて、女性たちは帰っていった。

三人を見送って振り返ると、先生がそこに立っていた。

無言でニヤニヤ見つめられ、私は気恥ずかしさがこみあげてきた。

「いや、今のは……」

弁解しようと焦りはじめて、思わず鼻の汗をぬぐう。

そのとき、先生が「あっ」と小声を上げた。

「進藤くん、それっ」

先生が手鏡を渡してくれた。

それをのぞきこんだ瞬間、私は「わっ！」と声をだす。

鏡の中には、当然ながら私がいた。その鼻の左脇には剝《は》がれたガーゼが映っていて、鼻と顔をつないでいた縫い目も露出していた。

「もう、触《さわ》りすぎよ」

先生は呆《あき》れたように肩をすぼめる。

「せっかく縫ってあげたのに、糸が切れちゃってるじゃない」

鼻の縫い目は、ワークショップの直前に先生が応急処置してくれた跡だった。

「このままだと帰れないから、とりあえずそこに座って」

「すみません……」

私は言われた通りにおとなしく座る。

「まあ、そろそろもろくなってきてもおかしくない時期だったから、仕方ないと言えばそうなんだけどね。いい機会だから、近いうちに全身をメンテナンスしようかしらね」

「お手数をおかけします……」

恐縮する私に、先生は言う。

「なに言ってるの。生みの親なんだから当然でしょ。きみにはもっと働いてもらわなくちゃいけないしね」

不意に、これまでのことがよみがえる。

私は先生に雇われたアシスタント。

表向きの話で言えば、それ以上でも以下でもなかった。

私が蘭先生のつくりだした人造人間であることは、先生以外は誰も知らない。

私のすべては、先生が製造したものでできている。

心臓も肝臓も。

筋肉も皮膚も。

もちろん、脳もだ。

蘭先生は、ずいぶん昔に人工脳の開発にも成功していた。そして、秘密裡《ひみつり》にその人工脳を器の中に――先生が年月をかけて人工臓器やほかの器官を縫合してつくりあげていた人体へと移植した。

目が覚めると、私はそこに存在していた。人と同じように振る舞う、人ではないものとして。

先生は初めのうちこそ歓喜したらしい。人を再現したいという長年の夢が実現し、すぐにでも世間に発表したいと思ったらしい。

が、先生は結局そうせずに、人工脳に関する知見をひとつ残らず葬《ほうむ》った。

そのときのことを、先生はあまり話してくれない。

ただ、ふとした拍子に先生がこぼした話をつなげると、どうやら先生の弟が関係しているようだと推察される。

先生の弟は、若くして心臓の病を患《わずら》った。移植手術が必要だったがドナーが見つからず、闘病の末に帰らぬ人となってしまった。それが、人工心臓をはじめとした人工臓器をつくりたいと思うきっかけになった。

この話は世間でも広く知られている。

知られていないのは、このつづきだ。

先生は弟の闘病の後期に、あることを行った。

弟の脳を精密にスキャンしたのだ。

当時、研究者として駆けだしだった先生は弟をなんとか連れ出して、こっそりと脳の構造を細かいところまでスキャンした。

いつか、弟をモデルにした人工の身体をつくってみせる。その身体には、弟の脳を忠実に再現した人工脳を移植する――。

それ以来、先生は研究に没頭して、ついには人工脳をつくりあげた。

しかし、知性を持って動きだし、言語を獲得して話すようになった私を見て、先生は憑《つ》き物が落ちたように自分のあやまちを悟《さと》ったらしい。

脳を再現したところで、弟が戻ってくることは二度とない。

そんな当たり前の事実に、ようやく気づいた。

いや、理性ではとうの昔に理解できていたものの、きちんと受け入れられていなかっただけのことだった。外見に面影《おもかげ》があるだけの、弟とは似ても似つかない人造人間を目の前にするまでは。

私への責任を感じていることは、これまでの日々で十分に伝わってきた。責任を感じているからこそずっとそばに置いて気にかけてくれ、引退するときには私の意思を尊重してくれようとした。

そんな先生に対して、私は正直なところ申し訳ない気持ちがずっとある。

弟さんの代わりになれなくて、すみません、と。

こちらの内心を知ってか知らずか、先生は私をさんざんからかったあと、いつも優しく接してくれる。

私の鼻の切れた糸をたしかめながら、先生は言った。

「一本取りだとどうせまたすぐに切れちゃうから、とりあえず二本取りにしておくけどいい？　さっきまでより、もっと目立っちゃうけど」

それは私の鼻を縫うための、糸の本数の話だった。

「はい、お願いします」

うなずくと、先生は縫合セットから糸と針を取りだした。

鼻を縫ってくれながら、先生はつづける。

「でも、完治したらますますモテちゃうわね。ほら、今日もモテモテだったし」

「ええっ？」

急に蒸し返されて動揺《どうよう》する。

「そんなことは……！」

私は思わず、縫合中の鼻を触ろうとしてしまう。

その瞬間、すかさず先生の声が飛んできた。

「ちょっと！　縫ってるとこなんだから、じっとしてて！」

「あっ！　すみませんっ！」

慌てて手を引っこめると、先生はぽつりと言った。

「うーん、本人じゃないはずなんだけどなぁ……」

曖昧《あいまい》な笑みを浮かべつつ、先生はつづけた。

「なんでだろう。その鼻を触る癖だけは、あの子にそっくり」

Episode 9

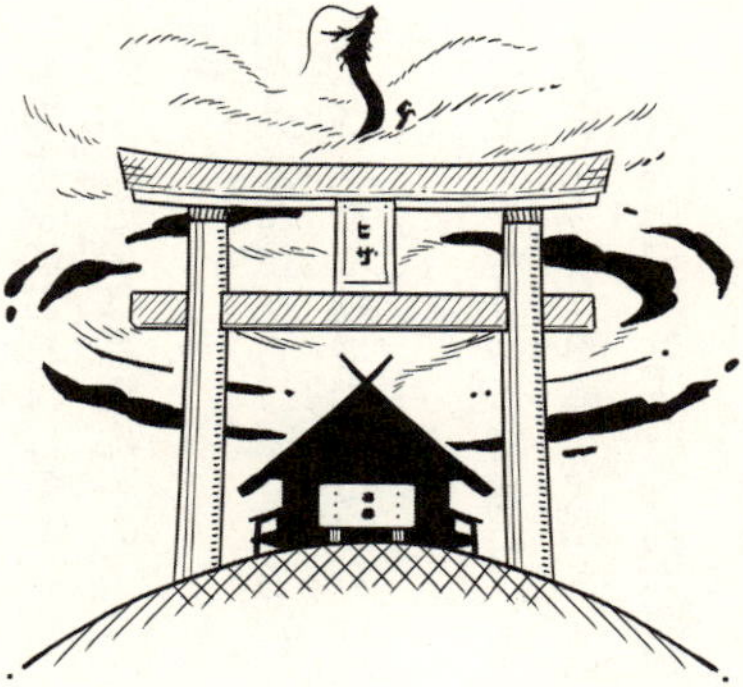

膝の神社

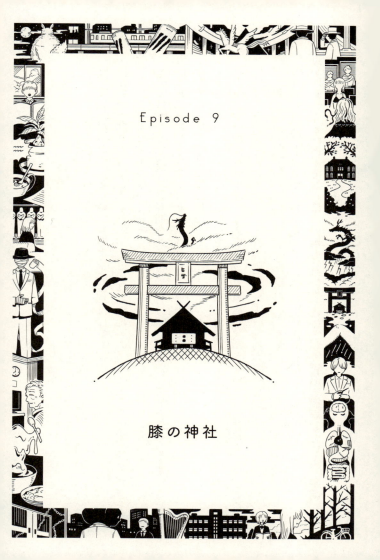

いいことがないなぁ、と、いつものようにおれはぼやく。

会社では出世コースをとうに外れ、最近では窓際部署のようなところで誰にでもできそうな仕事をこなす日々がつづいている。

家庭ではもっと悲惨で、思春期を迎えた娘からは家にいるだけで煙たがられ、妻からは一方的にあれをやれこれをやれと指示されるだけで相手にされない。

なんで自分ばかりがこんな目に……。

できる限りのことならば、これまでしっかりやってきた。

散歩の途中で神社を見かけたら必ず立ち寄り参拝を欠かさないし、お賽銭《さいせん》もご縁があるようにいつも五円玉を入れていて、それ専用の小銭入れを持ち歩いている。

ゲン担ぎも怠《おこた》らない。

勝負事の前は決まってカツ丼を食べていて、学生時代に右足から靴を履《は》いてテストでいい点が取れたことがあってからは、何事も右足から先にという習慣を徹底している。毎朝ニュースの占いコーナーを必ずチェックし、ラッキーアイテムも身につけている。

妻や娘からは、「また変なことをやって」といつも白い目で見られている。が、そんな視線に屈《くっ》することなく、おれは自分を貫きやるべきことをやってきた。

それなのに、なんでいいことがひとつもないのか……。

不満は募るばかりだった。

右膝に違和感を覚えたのは、そんなある日のことだった。

歩くたびに膝の中でちゃぽんちゃぽんと何かが揺《ゆ》れて、なんだか歩きづらいのだ。痛みこそないものの、関節あたりが明らかに左膝より膨《ふく》らんでいて、絶対に何かの病気だと確信した。

やっぱりいいことが全然ない……。

不安を抱えながら、おれはすぐに病院に行った。

症状を訴えると、医者はおれの膝を触《さわ》ったり、曲げたり伸ばしたりして診察をはじめた。

やがて、医者は言った。

「水がたまっていますねぇ」

「水⁉」

膝に水がたまったという人の話は、おれもときどき耳にする。関節の老化などが原因でなる人も多いらしく、自分の親も前に経験していたな、と思いだす。

おれも歳《とし》をとったってことか……。

いずれにしても悪い予感は当たってしまい、憂鬱《ゆううつ》になる。

「とりあえず、原因を探るためにレントゲンを撮ってみましょう」

そう言われ、おれは部屋を移ってレントゲンを撮影された。

待合室で待っているとそのうち呼ばれて、また診察室へと入っていく。

「これがあなたの膝の様子です」

医者が貼りだした白黒のレントゲン写真には、膝の関節部分が写っていた。

どんな診断がくだされるのかとビクビクしていると、医者はつづけた。

「特に骨の異常は見られませんね。通常でしたら、このあと注射で水を抜いて、その水を病理検査に回して詳しい原因を調べるんですが、今回は必要ないでしょう」

「えっ？　水は抜かないんですか……？」

「ご希望であればそうしますが、抜かないほうがいいかと思います」

「ええっ？」

困惑しつつ、おれはすぐに思い至る。

「あっ、癖《くせ》になるから？」

水を抜いたら癖になって、しばらくするとまたたまる。そんな話をいつか聞いたことがあった。

しかし、医者は首を横にふった。

「いえ、世間で言われる癖になるというのは誤りで、実際は抜いたからなるのではなく、水が出る原因となった炎症などが治っていないために起こる現象なんですよ。ですから、基本的に水は抜いたほうがいいですね」

「だったら、なんで抜かないほうがいいと……」

「これを見てください」

医者はもう一枚、白黒の写真を横に並べた。

「水がたまっているところの一部を拡大したものです」

そこには白く細長い何かが写っていて、おれはつぶやく。

「ヘビ……？」

そのぐねぐねと曲がりくねったものは、まさにヘビの骨のように見えた。

なんでこんなものがレントゲンに……？

首をひねっていると、医者が言った。

「こちらは龍《りゅう》の骨ですね」

「は？」

「あなたの膝の水の中には龍がいて、それが写りこんだんですよ」

「龍……？」

唐突な言葉に、おれはポカンとしてしまう。

医者はつづける。

「ときどき、こういったことがありまして。近年の都市開発で、龍の棲み処《すか》となる池や湖はどんどんなくなっていますからね。そうして居場所をなくした龍たちは、新たな棲み処を求めてさまよっているんです。プール、水槽、水たまり……そんなところに新居を定めるケースもあるなかで、ごくまれに人の膝にたまった水を気に入って棲みつくケースもありまして。それがこの龍というわけです」

ちなみに、と医者は言う。

「いまあなたの膝に痛みがないのも、龍の影響にほかなりません。膝に龍が棲みつくと、水だけを残してほかの炎症などの悪いところは治るんですよ。理由ははっきりしていませんが、もし痛みがあると膝は治療されるわけで、その過程で水を抜かれて棲み処を失わないための龍なりの生存戦略ではないかと考えられています。いずれにしても、現状の科学ではなかなか説明がつかない、神秘の力というやつですね。まあ、それは置いておいても、水を抜かないことをオススメしたのは抜くと龍が去るからです。龍は縁起《えんぎ》のいい生き物としても知られているので、もったいないのではないかな、と」

「じゃあ、膝の中には本当に龍が……」

おれは自分の右膝をまじまじと見つめる。

「エコーでも見てみますか？」

うなずくと、医者は膝にジェルを塗って機器をあてた。そばにあったモニターに白黒の映像が映しだされて、しばらくするとにょろにょろと動き回るものがとらえられる。

それはやっぱりヘビのように見えたけれど、医者に教えられながらじっくり観察するうちに、手足や角《つの》、ヒゲなどがあることが確認できた。

こうなると、おれは龍の存在を認めざるを得なかった。

「でも、龍って、もっと大きいイメージがありました……」

つぶやくと、医者は答えた。

「本来のサイズは大きいですよ。ただ、そこは龍ですから、サイズくらいは自分しだいでどうにでもなります」

「ははあ……」

感心するおれに、医者は言った。

「もちろん、水はいますぐ抜いても構いません。炎症などは治っていても膝に水があることには変わりませんので、大なり小なり違和感は出ます。最後はどちらがお望みかということですが、どうされますか？」

おれは即座に口にした。

「抜きません！」

膝に龍がいるなんて、こんなにめでたいことはないぞと興奮していた。

いいことがなかった人生に、ついにツキが回ってきた！　日々の心がけが報われるときが、ついにきたっ！

「まあ、もし気が変わりましたら、いつでもお越しください」

おれは軽快な足取りで病院を出た。

家に帰ると、さっそく妻と娘に報告した。

「なぁ！　おれの膝には龍がいることが分かったぞ！」

どんなに歓喜してくれるだろうか。

そう期待していたが、二人とも不快そうに眉をひそめた。

めんどくさそうに、妻が言った。

「何わけの分からないこと言ってんの？」

なるほど、証拠を見せろということか。

おれは医者からもらった龍の写真を突きつけた。

「ほら！　レントゲンとエコーでも写ってるだろっ！」

しかし、妻は娘と顔を見合わせて、わざとらしくため息をついた。

「またいつもの意味のないゲン担ぎ？　こっちも暇じゃないんだから勘弁してよ」

娘もつづく。

「ほんと飽きないねー」

そう言って、二人はそれぞれ自分のことをしはじめた。

ふだん通りのリアクションにも、おれは動じることはない。

何しろ、自分の膝には龍がいるのだ。

その素晴らしい事実を二人と共有できないのは残念だったが、高揚感《こうよう》で「どうでもいいや」とすぐに思えた。

それからというもの、おれは毎日が劇的に変わった。

膝に龍がいるというだけで心が弾み、何をするにも楽しく感じるようになったのだ。

歩くときに膝の中でちゃぷんちゃぷんと水が揺れる感覚も、慣れると気にならなくなった。

おれは会社にいるときも家にいるときも、時間ができれば右膝をさすって龍を崇《あが》めた。

驚いたのは、ある夜のことだ。

ソファーに寝そべってスマホゲームをしていると、ゴロゴロ、という音が耳に入った。

外で雷が鳴ってるのか……？

うっすらそう思っていたが、音は足元から聞こえてきていることに気がついた。

おれはそちらに視線をやった。

瞬間、目を見開いた。

右膝のあたりに小さな黒い雲がかかっていて、ゴロゴロと音を立てながらときどきピカッと光っていたのだ。

龍の仕業《しわざ》だ、というのはすぐに分かった。

雷が光るたびに、黒雲の中に細長い影が見えたからだ。

ズボンにぽつりぽつりと灰色のしみができはじめたのは、しばらくしてのことだった。

降りだした――。

あっという間に雨脚は強くなっていき、右膝を中心にひんやりしてくる。

そういえば、と、いつかどこかで聞いた話を思いだす。龍には雲を呼んで雨を降らせる力があって、昔の人は祈りを捧《ささ》げて雨乞いをしたのだということを。

その後も雨は弱くなったり強くなったりを繰り返しながら、止《や》むことなく膝に降った。おれは穏やかな気持ちに包まれながら、その様子を眺めつづける。

雨に身をゆだねるうちにうとうとしはじめ、いつしかソファーで眠りについた。

次に目が覚めたのは明け方だった。

昨夜のことを思いだして、おれはすぐに膝を見た。

その直後、広がっていた光景に息をのんだ。

膝の上には、まだ雲が残っていた。そして、その雲のすきまから幾筋《いくすじ》ものまばゆい光芒《こうぼう》が差しこんでいたのだ。

なんてきれいなんだろう……。

そのとき、部屋の中に声が響《ひび》いた。

「うわっ！　なにこれ！」

振り向くと妻が立っていた。

おれは得意になって妻に言った。

「すごいだろう？　これが龍の力なんだよ！」

「はあ？　なに言ってんの？」

「なにって、この……」

膝に視線を戻すと、いつの間にか雲はなくなっていた。右膝が少しうずいて、どうやら龍は膝に戻ってしまったらしかった。

「いやあ、せっかく龍がいいものを見せてくれたのに、一足遅くて残念だったなぁ」

「あのさ、夢の話ばっかりしてないで、これがどういうことか説明してくれる？」

「いや、夢じゃなくて……」

「いいから、何したらこうなるの⁉」

遅れておれは、妻の指さす先に目をやった。ソファーも床も、まるで蛇口を開けっ放しにしていたかのように水浸しになっていた。

「これは龍が……」

「はいはいはい！　何でもいいから、さっさと元に戻しておいて！」

剣幕に押され、おれは慌てて飛び起きた。

そんなある日、おれは道行く人からとつぜん声をかけられた。

「あの、すみません、少しだけお時間をもらえませんか？」

声の主は知らない女性で、何の勧誘《かんゆう》だろうかと身構えているとこう言った。

「もしよろしければ、拝《おが》ませていただきたいんですが……」

困惑するおれをよそに、女性はその場にしゃがみこんだ。そして、目を閉じて手を合わせると動かなくなり、しばらくすると立ち上がった。

「ありがとうございました」

女性は深々と頭を下げて立ち去った。

そのあいだ、こちらは何も言えずに立ち尽《つ》くしていた。

どうやら女性は、おれの右膝に向かって拝んでいたらしかった。

もしかして、龍に対して……？

同じようなことは立てつづけに起こった。道で声をかけられて、拝ませてほしいと頼まれるのだ。

おれはこう確信する。

龍の存在は周りにおのずと伝わって、それを感じとった人たちは拝まずにはいられなくなるのだろう、と。

祠《ほこら》を設置しようと思い至ったのは、そんなことがあってからだ。形にして分かりやすく示してあげれば、より多くの人が龍に気がつくのではと考えてのことだった。

やるからには中途半端なものではいけない。

そう思い、おれは神具を扱う店を訪れてオーダーメイドで注文した。

できあがったのは手のひらサイズの祠で、朱色の壁に銅葺《どうぶき》の屋根が美しかった。

ご神体として納めるものは決めていた。龍自体を閉じこめられはしないので、代わりに龍の鱗《うろこ》を納めようと考えた。肝心の鱗は、ソファーを水浸しにしてしまった日に、床に落ちているのを発見していた。

そうして鱗を納めると、おれは祠を膝サポーターに縫いつけて足を通した。

右膝にできた祠を眺めて、おれはひとり悦に入る。

我ながら、すばらしい出来だなぁ……。

その格好のままリビングに行くと、妻と娘がすぐに見つけた。

「うわっ、なんでそんなとこに巣箱なんかつけてるの？」

「えっ、鳩時計《はとどけい》？　ふつうに怖いんだけど……」

そんな声は気にしない。

身近にいながら龍の存在が伝わらないなんて、かわいそうに。

そう思うくらいだった。

祠を身につけて町を歩くと、いろんな人からいっそう声をかけられるようになった。誰かが拝みはじめると、その様子を見た人たちがなんだなんだと寄ってくる。最初は興味本位の人であっても、祠を目にして龍の存在を感じとった瞬間にたちまち表情を一変させて、神妙な面持《おもも》ちで拝みはじめる。そんなことが増えていった。

わざわざおれを探して頻繁に訪れてくれる人もいた。

実際にご利益《りやく》があったと、感謝の言葉もかけられた。

病気が治った。

受験に合格した。

宝くじが当たった。

そう言って、龍に加えておれのことまで神様みたいに崇めてくれて、まんざらでもない気分になる。

噂《うわさ》は広がり、おれは連日、まるで芸能人のように参拝者に囲まれて過ごすようになっていく。

参拝者からはこんな声も寄せられた。

「お守りはないんですか？」

「御朱印《ごしゅいん》をいただきたいんですけど！」

はじめのうちは、ここは神社ではないのでと断っていた。が、要望は絶えず、いちいち説明するのも面倒なので、もう神社ということにしてしまおうと考え直す。

膝龍《ひざりゅう》神社。

そんな名前を自分でつけて、おれはお守りをつくって手売りするようになっていく。御朱印帳を持ってきた人には自前の御朱印を押してあげ、賽銭箱も首から下げる。

若者もたくさんやってきた。話を聞くと、おれはSNS上で〝歩くパワースポット〟として有名で、目撃情報がつねに出回っているらしかった。

そんなのもう、芸能人と同じじゃないか！

おれは心が大いに浮き立つ。

会社でも当然ながら早々に話題になっていて、昼休みなどは参拝しにくる同僚が多かった。

そんな中でも、社長がやってきたときには驚いた。

「きみかね、膝龍神社の宮司《ぐうじ》さんは」

何かを注意されるのかと思って身構えていると、社長は笑顔でこう言った。

「ひとつ、私もお参りをさせてもらえないかい？」

返事をするより先に、社長は床にひざまずいて、イスに座るおれの右膝に向かって合掌《がっしょう》した。

しばらくして立ち上がると、社長は賽銭箱に目をやった。

「お賽銭はここでいいのかな？　ささやかながら、私のポケットマネーから」

社長は財布から札束を抜きだし、おれの賽銭箱にガサッと入れる。

「神社の運営に役立ててくれたまえ」

以来、社長は毎朝おれの膝に参拝するようになってくれた。

そのうち、社長はこう言った。

「きみの膝に参拝するようになってから、社の業績が大きく向上していてね。これからも、ご利益をよろしく頼むよ」

社長はまた札束を賽銭箱に投じてくれる。

そんなこともありながら、参拝者は依然《いぜん》として増えるばかりで懐《ふところ》はどんどん潤った。

おれは集まったお賽銭をもとにして、祠を壊してちゃんとした神社を建て直すことにした。手のひらサイズの鳥居を作り、狛犬《こまいぬ》を作り、社殿《しゃでん》を作る。そうして、それらを膝のサポーターに縫いつける。

宮司らしく見えるよう、服装《ふくそう》も一新した。装束《しょうぞく》をまとい、烏帽子《えぼし》をかぶり、笏《しゃく》を手にして練り歩く。

妻と娘がおれを見る目も明らかに変わった。

龍の存在こそ感じないようだったが、二人からは「お給料も上がってすごいじゃない！」「お父さん、バッグ買ってよ！」とちやほやされるのがつねになった。

おれは鼻高々だった。

膝龍神社は、もはや生きがいになっていた。

ある日のこと、おれは思わず顔をしかめた。

膝に鈍い痛みが走ったからだ。

少し前から、水がたまったときとはまた異なる違和感を右膝に覚えてはいた。何やら妙な音がするようにもなっていたが、まあいいかと放っておくうちに痛みはひどくなってきた。

訪れてくれる参拝者も絶えないので、しばらくのあいだはなんとか我慢していた。

しかし、そのうち激痛で膝も曲げられなくなってしまい、おれは医者のもとを訪れた。

症状を説明すると、レントゲンを撮ることになった。

やがて診察室に呼び入れられると、開口一番に医者は言った。

「残念ながら、状態は深刻です。すぐにでも手術が必要です」

「えっ！」

おれは尋《たず》ねる。

「どういうことですか？　龍の力で、炎症とかにはならないんですよね……!?」

「そうですね。ですが、今回の痛みの原因は別にあります。それから、もうひとつ残念なお知らせが。手術をすれば水が抜け、龍はいなくなるでしょう」

「ええっ！」

さっきよりも大きな声が口から飛びだす。

「そんな！　いなくなったら、ご利益はどうなるんですか⁉」

「なくなるでしょうね」

「それは困ります！　どうにかしてくださいよ！」

いろんな人のことが頭に浮かぶ。

日々訪れてくれる参拝者。これまで願いが叶《かな》ったと言ってくれた多くの人々。

いや、それよりも強く浮かんできたのは、ちやほやしてくれる人たちだった。

会社の社長。

そして何より、妻と娘……。

「手術しないで済む方法はないんですか⁉　薬とか自然療法とか！」

「残念ながら、ありません。今回は、外部からの異物を取り除かなければなりませんので」

「異物……？」

「ええ、きっと願掛けのつもりで、参拝された方が投げ入れたんでしょう。もっと早い段階で気がついて注意喚起をしていれば、あるいは手術をせずに我慢するという選択肢もあったのかもしれませんが」

医者はレントゲン写真を貼りだした。

それを見て、おれは言葉を失った。同時に、歩くたびに聞こえたジャラジャラという音はこのせいだったのか、と瞬間的に理解する。

いつの間に、どうやって投げ入れたのか――。

おれの膝の水の中は、大量の小銭でびっしり埋《う》め尽くされていた。

Episode 10

石の家系

春が終わって、私は毎日が憂鬱《ゆううつ》だった。

もうすぐ夏がやってくる。

夏は肌の露出が多くなり、人目にさらされる部分が自然と増える。

見られたくないなぁ、と私は思う。

気になっているのは自分の体形のことだった。

人に言わせたら今の自分は標準的な体形なんだろうし、そもそも私のことを見てる人なんていないだろうとも思っている。体形なんてひとつの価値観に過ぎないし、健康で幸せだったら気にする必要なんてない。そういう考えも持っている。

でも、頭では理解していても、感情が追いついていなかった。

これまでも、納得がいく体形になりたいと、いろんなことに手を出してきた。ずいぶん痩《や》せていた時期もあったけど、それはそれでしっくりこずに、結局は見られたくないという気持ちはなくならなかった。

どうしたらいいんだろう……。

そう考えだすと、ますます気分は沈んでいく――。

思いがけない話を耳にしたのは、会社の子たちとランチをしていたときだった。

「そういえば、最近うちのお姉ちゃんが劇的にスタイルよくなってさー」

ひとりの子が、そんなことを口にした。

「でも、なんか、ダイエットでもエステでもクリニックでもないらしくて。気になるから何やったのって聞いても、ぜんぜん教えてくれないの。行く気があるなら連絡先だけは教えてあげてもいいとか言うんだけど、怪しすぎるから遠慮したよー」

周りの子たちは、へー、とうなずき、しばらくのあいだは「何だろねー」と雑談していたが、みんなすぐに興味をなくして、話題は次のものへと移っていった。

そんな中、私だけはずっと心が離れなかった。

劇的にスタイルがよくなった。

その言葉が繰り返し頭の中でこだましていた。

上《うわ》の空でランチを終えると、すぐにその子に話しかけた。

「ねぇ、さっきの話なんだけどさ……」

そうして私は、詳しい話を教えてほしいとお願いした。

次の休みの日、私は駅からタクシーに乗って目的の場所に向かっていた。

結局、同僚の子のお姉さんが教えてくれたのは、問い合わせ先のメールアドレスだけだった。あとはいろいろあるから行ってみるまで秘密だということで、メールの相手からも日時と場所のやり取りのあとに軽くヒヤリングされたのみで当日を迎えた。

外の景色は自然が多くなってきて、坂道をのぼりはじめてからは人家もまばらになってきた。両脇からは木がせりだして道を覆《おお》って、葉っぱのあいだから木漏《こも》れ日が差す。

やがて目的の場所についてタクシーを降りると、私は、わぁっ、と声をもらした。

目の前に建っていたのは洋館だった。

壁にはツタが這《は》っていて、ところどころにヒビも目立った。でも、その古びた感じが私にはとてもたまらなかった。

チャイムを押して名前を告《つ》げると、インターフォンから女性の声が聞こえてきた。

「おおお、お待ちしてました！　どどど、どうぞ中に入ってくださいっ！」

なんだか声が上ずってるなと思いながらも、扉を開けて洋館に足を踏み入れた。

シャンデリアの下、色あせたワインレッドの絨毯《じゅうたん》を歩いていって、私は言われた部屋の前までやってきた。

扉は少し開いていて、中をのぞくと女性がいた。

「あの、こんにちは……」

声をかけると、女性はビクッと反応しながら振り向いた。

「あっ！　こここ、こんにちは！　今日はよろしくお願いしますっ！」

ぺこぺこ頭を下げる彼女に向かって、私は尋《たず》ねた。

「あの、メデューさん、ですか……？」

「あっ！　そそそ、そうです！　メデュー・リサと申します！　申し遅れてすみません！」

その女性――メデューさんには、どことなく異国の雰囲気が漂っていた。年齢は自分と同じくらいのように見え、セミロングの髪の毛はうねうねと細かくウェーブしている。

「あっ！　お荷物はどうぞそちらに！　あっ！　よろしければ座ってください！」

私は荷物を置いて、ベルベットのチェアに腰かける。

「あっ！　忘れてたっ！　ちょっとお待ちくださいね！」

メデューさんはそう言うと、こちらが返事をする前にバタバタとどこかに消えていった。

ひとり取り残されて、私はポカンとしてしまう。

ずいぶん変わった人だなぁ……。

それが最初の印象だった。

話し方が独特ということは、もちろんある。それに加えて、彼女はずっとうつむき加減で右に左に視線をさまよわせてばかりいて、まだ一度も私と目が合っていなかった。はっきり言えば、落ち着きがなくて挙動が不審。

人が苦手な人なのかな……。

そんなことを思いながら、私は周りを見渡した。

部屋の中には、どういうわけかたくさんの石の像が並んでいた。

薄布をまとった女性の像や、たくましい身体《からだ》つきの男性の像。胴体や片腕のみのものもあったり、中には作りかけらしく、人の顔が粗《あら》く浮かびあがっただけのものもある。

作業道具も散らかっていて、どう見てもここは彫刻家《ちょうこくか》のアトリエだった。

私、スタイルをよくしてもらいに来たんだけどな……。

もしかして場所を間違えたのかと不安になった。でも、向こうの名前はメールの相手と同じだったし、向こうもこちらのことを認識していた。同僚の子のお姉さんにだまされたのかとも思ったけれど、そんなことをしても意味がないし、と考える。

混乱が深まってきたときだった。

メデューーさんが戻ってきて、「お茶です！」とマグカップを渡してくれた。

私は尋ねた。

「あの、ここって、体形を変えてくれるとこなんですよね……？」

すると、メデューさんは不安げな顔になった。

「そそそ、そうですけど……何か気になるところがありましたか……？」

いっそうきょろきょろしはじめて、私は慌てて言葉をつなぐ。

「いえ、だったらいいんです！　ただ、ここってどう見ても彫刻家の方のアトリエみたいな感じなので……あっ、私、紹介してくれた人から詳しい話を聞いてなくて！　よかったら、施術の前にいろいろ教えてもらえませんか？」

メデューさんは少しホッとした表情になって、「そうだったんですね！」と口にした。

「じつは私……」

一拍置いて、彼女は言った。

「メデューサなんです！」

「えっ？」

「正確には、先祖の中にメデューサがいて、その血が流れてる人間で……」

「ええっ？」

あまりに唐突な展開に、私はパニックに陥《おちい》った。

この人は何を言ってるんだ……？

黙っていると、メデューさんはまた不安そうな顔になった。

「あっ！　すみません！　メデューサをご存じなかったですか……？」

私はなんとか返事をする。

「メデューサって、あの神話に出てくる……」

「そそそ、そうですそうです！　髪の毛が蛇で、目が合った相手を石にできる！」

私はまじまじとメデューさんのほうを見つめた。

細かくウェーブしている髪の毛は、見ようによっては蛇のように見えなくもない。

でも、そんなまさか、と私は思う。

あれは神話の世界の話であって、メデューサなんて現実にいるわけがない。

ということは、この人はそういう設定のキャラで通してるっていうことか……？

ただ、なぜだか彼女の奥底には何かがありそうな感じがして、否定しきれない自分もいた。

そのメデューさんは相変わらずうつむき加減で、目が合わない。

それを見ていて、もしかして、と突然思った。

「あっ、だからですか……？」

「ななな、なにがです……？」

「ずっと目をそらしてるのは、目が合うと石になるから……？」

「そうですそうです！　あっ、ただ」

「ただ……？」

「そうじゃなくても、目を合わせるのは苦手ですけど……」

なるほど、と納得しかけて、いやいや、と自分で突っこむ。

妄想に付き合ってる暇はないんだから……。

私たちのあいだを何かが横切ったのは、そのときだった。

反射的に目で追って、ハエだと気がつく。

その直後、あれっ、と思った。

ハエが空中で急に止まって、床に落ちていったのだ。

「あっ、目が合っちゃった……」

メデューさんは転がったハエを指でつまんだ。

「早く元に戻してあげないと……」

私はぶつぶつ言っているメデューさんより、ハエのほうが気になっていた。

「あの、それ、ちょっと見せてもらえませんか……!?」

「えっ？　はあ……」

困惑気味に差しだされたハエを、私は受け取る。

それはたしかに、動かなくなったハエだった。

が、その身体からはぬらりとした光沢がなくなっていて、灰色のざらりとした姿に変わっていた。

「石になってる……⁉」

とっさにメデューさんのほうを見た。

彼女はいつの間にかそこからいなくなっていて、部屋の隅《すみ》から小瓶を手にして戻ってくるところだった。

「そのまま持っててくださいね！」

メデューさんはそう言うと、瓶の中の液体をスポイトで吸った。そして私の手のひらに転がる石のハエにぽつんと垂らした。

次の瞬間、液体のしみたところからハエの姿はどんどん変わり、あっという間にぬらりとした光沢がよみがえった。すっかり元通りの姿に戻ると、ハエは何事もなかったかのように飛んでいった。

私は言葉を失って、メデューさんが持つ瓶を呆然《ぼうぜん》と眺めた。

「こここ、これですか⁉」

私の視線に、彼女は言った。

「これはうちの家系に代々伝わっている秘薬です！　石になっても、これを垂らせば戻せるんです……!」

頭の中では、いろんなことが錯綜していた。

メデューサさんには、メデューサの血が流れているという話。実際に目の前で石になって、また飛んでいったハエのこと……。

私はようやく、一応の理解が追いつく。

さっきの話は、ぜんぶ本当だったってこと……!?

それでも混乱はつづいていた。

そのさなか、私の口をついて出たのは自分でも意外な言葉だった。

「でも、体形が変わるっていう話はどこに……」

あっ、と言って、メデューさんはすぐに答えた。

「お客様には私の力で石になっていただいて、そのあいだに彫《ほ》らせてもらうんです！」

「彫る……？」

「はい！　石になった身体をです！　私、彫刻家なので！」

絶句して突っ立っていると、散乱している道具が目に飛びこんできた。

「あっ、あっ、痛みとかは全然ないので、安心してください！」

そういう問題なのかと思いながらも、私はあることに気がついて戦慄《せんりつ》した。

周りに並んだ彫刻のことだ。

近くにあった男女の全身像が目に留まり、嫌《いや》な予感が膨《ふく》らんでいく。

もしかして、これって生身《なまみ》の人間が石にされた姿だとか……？

いや、それよりもはるかに重要なのは、彫刻の中に身体の一部分だけのものもあることだ。

「これってまさか、石にされたあとに砕《くだ》かれて……」

無意識のうちに心の声がもれていた。

その瞬間、こちらの考えを察したらしく、メデューさんが声を上げた。

「ちちち、違います！　違います違います違います！　この部屋にあるものは、ぜんぶ正真正銘、私が石から彫って作りあげた作品です！　断じて生身の人から作ったものなんかじゃありません！」

あまりの勢いに、私は思わず納得させられていた。

「そ、それならよかったですけど……」

でも、と尋ねる。

「さっきの話だと、私も石にされるんですよね……？　そのあいだに、何かの拍子で砕けたり割れたり――」

言い終わらないうちに、メデューさんがまた言った。

「だだだ、大丈夫です！　これまでお客様の施術で失敗したことは一度もないので！　しし、信じてください！」

目こそ絶妙に合わないもののメデューさんの表情は真剣で、またもや私はうなずいていた。

「分かりました……じゃあ、そこは信用します……」

「あああ、ありがとうございます！」

「それで、肝心の施術なんですけど、私はどうすれば……」

「あっ、そうでした！　まずは着替えていただけますと！　更衣室はあちらです！」

メデューさんに案内されて、私は別の部屋に移動した。そして持ってきていた水着に着替えると、また同じ部屋へと戻ってきた。

「では、そのあたりに立ってください！」

指示されて、私は部屋の真ん中に立つ。

そのとき、メデューさんが首をかしげた。

「あれっ」

「どうかしましたか……？」

「いえ……メールで聞いてた感じとだいぶ印象が違うというか……今のままでも、これはこれで十分に整われているんじゃないかって……」

あっ、いや、とメデューさんは慌てて言った。

「すすす、すみません！　私の感覚なんてどうでもいいですよね！　失礼しました！　それで、えっと、リクエストはありますか⁉　ここをこうしてほしいっていう！」

「いえ、特には……お任せしてもいいですか？」

「分かりました！　では！」

メデューさんは左手にノミを、右手にカナヅチのようなものを持って前に立った。

それを見て、改めて怯《ひる》む気持ちがこみあげてくる。

やっぱり、やめておこうか――。

その瞬間のことだった。

私の目は、メデューさんの目とピタリと合った。

雷に打たれたような感覚が全身に走った。視界がぐらつき、メデューさんの髪の毛が蛇のようにうねりはじめる。強烈なめまいに、その場に崩れ落ちそうになる。

でも、実際に倒れることはなかった。

そうしたくても、身体がピクリとも動かなかったからだ。

意識ははっきりしていたし、目の前の景色を見ることもできた。なのに、手も足も、視線もまぶたも、何ひとつ動かすことができなかった。

私、石になってる……!?

視界に映るメデューさんの髪の毛は、蛇になってなんかいなかった。

あれは錯覚だったのか……?

でも、さっきまでとは明らかに違うところがあった。

メデューさんの雰囲気だ。

挙動不審なところはウソのように消えていて、メデューさんは落ち着き払ってこちらを見ていた。その眼光は鋭くて、深く集中していることが伝わってくる。

凛《りん》としたたたずまい――。

そんな言葉が頭をかすめる。

そのとき、メデューさんが私のお腹《なか》のあたりにノミを添えた。そして、引いた右手をノミに向かって力強く打ちつけた。

キンッ、と甲高《かんだか》い音がする。

振動が全身を駆け抜けて、ぶるっと震えたようになる。

そこから先、メデューさんは一言も発さず一心不乱に作業をした。

キンッ、キンッ、キンッ、キンッ。

私はされるがままに身をゆだねる。ノミは大胆に打ちつけられる。

メデューさんの動きには一切の迷いがなくて、それもまた心地がよかった。

小一時間ほどたった頃、メデューさんは汗をぬぐって息を吐《つ》いた。

「今日はこのあたりで終わりましょうか……！」

施術は何度かに分けて行われると、前もってメールでも知らされていた。

「では、元の姿に戻しますね！」

メデューさんは例の秘薬を持ってきて、私の頭に一滴垂らした。

上から下にすぅっと何かが抜けていくような感じがあって、硬直したものがほぐれていく。

「もう大丈夫ですよ！」

おそるおそる力を入れると、身体は自由に動くようになっていた。

私は自分の下腹を見る。

そこはだいぶ削られていて、ところどころにノミの跡もついていた。

「あっ、跡は最後にやすりがけをして滑らかにしていきますので！」

「……ってことは、しばらくは人に見られないようにしないとですね。説明するのも面倒ですし……」

「すす、すみません！　先にお伝えするのを忘れてました……！」

私は笑って口にした。

「いえ、別に誰かに見せる予定もないので大丈夫ですよ」

そのあと、メデューさんは今後のことを話してくれた。

身体は単純に削ればいいというわけじゃなく、あくまでもともとの骨格を活《い》かしながら、その人にあったバランスのいいものを目指していく必要がある。部位ごとに最初は粗く、だんだん細かいところを詰めていって、慎重に全体像を見出《みいだ》していく。

話をしているときのメデューさんはうつむき加減で右に左に視線をそらし、すっかり元の通りの挙動不審な感じに戻っていた。

でも、私はそんな彼女に好意を抱きはじめていた。

この短いあいだに人柄は十分に伝わっていたし、作業をしているときの雰囲気にも圧倒された。

この人なら、大丈夫。

メデューさんには、そう信じさせてくれる何かがあった。

「じゃあまた次回、お願いしますねっ」

「おおお、お待ちしていますっ！」

私は自分のお腹から出た石屑《いしくず》を踏み越えながら、着替えに向かった。

その日から、私は毎週メデューさんのもとに通って施術を受けるようになった。

キンッ、キンッ、キンッ、キンッ。

身体は順調に彫られていって、少しずつ細くなっていく。

二度、三度と通ううちに、休憩中や施術のあとにメデューさんと雑談をするようにもなった。

あるとき私は、こんなことを聞いてみた。

「メデューさんは、生まれたときから石にできる力があったんですか?」

いえ、と彼女は首を振った。

「人見知りは強いほうでしたけど、それを除けば小さい頃はふつうの子で……」

ぽつりぽつりと、メデューさんは自分の話をしてくれる。

「力が目覚めた日のことは、今でもハッキリ覚えてて……小学生になる前のことだったんですけど、家で飼《か》ってたインコとふと目が合った瞬間に、いつもと違う変な感覚に襲《おそ》われたんです。なんだろうって鳥カゴのほうに目をやったら、インコが石みたいになって動かなくなってて……パニックになって鳥カゴを開けてインコに触れたら、その拍子にインコは倒れて転がって。気がつくと叫んでいて、駆けつけた母親にとっさに目を覆われて別の部屋に連れていかれました」

その日の夜、メデューーさんは両親からこんなことを告げられたという。

あなたには、ゴルゴンの呪《のろ》いが降りかかってしまった、と。

そのとき初めて彼女は知った。自分の母親はギリシャ神話に出てくるゴルゴン三姉妹のうちのひとり、メデューサを祖先に持つ人間で、自分もその血を引く者なのだということを。

メデューサの家系の中には、何世代かに一度、生き物を石にしてしまえる力を持つ者が現れる。かつてはそういう者が生まれると、メデューサの再来だといって一族から崇《あが》められていた。

けれど、力は不気味で強大なゆえにしだいに恐れられるようになっていき、やがてメデューサの力を持つ者は〝ゴルゴンの呪いの子〟と呼ばれて忌《い》み嫌われるようになっていった。

「その呪いが、リサ、あなたの身に降りかかったの」

メデューーさんの母親は、涙ながらにそう言ったという。

その時点では、メデューーさんはまだ状況がよく理解できていなかったらしい。とりあえず、インコはどうなったのかと尋ねると、元に戻しておいたと母親は答えた。

「こういうときのために、先祖が秘薬を生みだしておいてくれててね。だから、石になっても元に戻すことは難しくないの。でも……その相手が石の状態で砕けたら、二度と元には戻らない」

それを聞いて、メデューさんはぞっとした。

もしも、さっきのインコも倒した拍子に砕けていたら……。

恐怖で言葉を失う彼女に、母親はつづけた。

「こうなった以上、あなたは呪いからは逃れられない。サングラスをしたりしても効果はないの。かと言って、ずっと目を閉じたり目隠ししたままでいるのも現実的な話じゃない。だからね、リサ、これからあなたは誰とも目を合わせずに生きていかなくちゃならないの」

そう告げた母親も、無言で隣に座っていた父親も、さっきからメデューさんとは目を合わせてくれていなかった。いくらこちらが見つめようとも視線をそらしつづける二人の姿に、彼女はようやく事態の重さを感じはじめた。

それからというもの、メデューさんは人と目を合わせない人生を送りはじめた。

「目が合うのは唯一、鏡の中の自分だけでした。力は自分には発揮されなかったので……って言っても、もともと人と目を合わせて話すのは得意じゃなかったので、慣れてしまえばそんなに不自由はなかったんですけどね。それよりも、そのときから髪の毛がどうやってもウエーブするようになっちゃって、どちらかと言うとそっちのほうが嫌で、受け入れるまでにだいぶ時間がかかりました」

メデューさんは笑って言った。

私は笑うに笑えずに、曖昧《あいまい》に微笑《ほほえ》むことしかできなかった。

メデューさんのおかげでやがてお腹の周りが整うと、今度は腕の施術へと移っていった。

キンッ、キンッ、キンッ、キンッ。

細い部位なのでより慎重にということで、これまで以上に時間をかけて彫り進められていく。

日を追うごとに、私たちはどんどん親しくなっていった。

同世代ということもあったけど、一緒にいるとなんだか安心できることが大きかった。お互いに名前で呼び合う仲になり、私はメデューさんのことをリサさんと呼ぶようになった。

そのリサさんは相変わらずうつむき加減で、ずっと視線を外していた。でも、こちらに気を許してくれたらしく様子はずいぶん落ち着いて、変に挙動不審になることもなくなった。

リサさんは、あるとき休憩中にこんなことを私に告白してくれた。

「私、とにかく人が苦手で……特に初めて会う人と話すときは、話してる途中で自分でもわけが分からなくなってくることがあるんです。どうしても相手の視線が気になって……正直なところ、自分がつい見てしまって相手を石にする怖さよりも、人から見られることのほうが怖いくらいで」

リサさんは言う。

「こんな感じなので、昔から周りの人から変な目で見られることは多かったんですけど……最後の引き金になったのは中学生のときでした。ひとりで公園にいたときに、たまたまクラスの女の子たちがやってきて。そのうちの一人が冷やかす感じで話しかけてきたんですけど、いつも通りに目をそらせてたら、なんで目を合わせないのかって怒りはじめて、絶対に目を合わせてやるって迫られて……目をつむって抵抗したりもしたんです。でも、最後には目が合っちゃって、その瞬間にその子は石になってしまって、周りで見てた子たちは悲鳴を上げて逃げだしました」

リサさんはつづける。

「例の秘薬は、もしもに備えて普段から持ち歩いていたんです。なので、石になったその子もすぐに元には戻せて、私も急いで逃げたんですけど……次の日に学校に行ったらみんなが私のことを化け物だとか蛇女だとか噂《うわさ》してて……それからいろんな意味で前以上にじろじろ見られるようになって、嫌がらせも受けたりして、人に見られることが怖くなってしまったんです……」

私は心がひどく痛んだ。

「そうだったんですか……」

そこから先は、安易《あんい》に何かを言うべきじゃないと分かっていた。リサさんの苦しみは、リサさんにしか分からない。ましてや特殊な力を持った人の境遇なんて、想像するのも難しい。

それでも、気がつくと私は口にしていた。

「……気持ちが分かるとか、そういうことじゃ全然ないんですけど……じつは私、昔いじめられてたことがあって」

深呼吸して、私はつづける。

「小学生のときに太ってて、そのことで心ないことをたくさん言われて……最初は陰口だけだったんです。でも、だんだん直接言われるようになっていって、見た目とは関係ないことまで言われはじめて……最後は学校にも行けなくなって、結局は転校することになりました」

それは、これまで誰にも話してこなかったことだった。でも、どういうわけかリサさんだけには聞いてほしいという気持ちが生まれていた。

「自分の体形にコンプレックスを持つようになったのは、そんなことがあってからなんです。ダイエットとかでいくら体形が変わっても自信がなくて、見られたくないって気持ちばかりが前に出てきて……でも、今回はなんだか違う感じがするんです。リサさんのおかげで、生まれ変われるかもって気がしてるんです」

深刻にならないように、私は笑顔でそう言った。

リサさんは、しばらくのあいだ沈黙していた。

私は不安になってきた。

やっぱり、自分も分かるって言ってるみたいで失礼だったかな……。

そう思いはじめたころに、リサさんは口を開いた。

「……私、がんばります！」

リサさんはそれだけ言って立ち上がり、つづきを彫るために道具を手にした。

腕がだいたい彫り終わると、仕上げに向けて中心は脚のほうへと移っていった。

キンッ、キンッ、キンッ、キンッ。

アトリエに甲高い音がこだまする。

ある日の施術が終わったあとに、リサさんからは彫刻の道に入った話も聞かせてもらった。

「もともと美術は好きだったので、早くから美大に入りたいって思ってて。まあ、美術品の制作なら人と会わなくてもできると思ったことも大きかったんですけど……」

最初のうちは彫刻をする気はまったくなくて、美大でも日本画の学科を専攻していた。が、入学したあとのヨーロッパ旅行でたまたまバチカン市国を訪れて、人生が変わる。

せっかくバチカンに来たんだから、有名なミケランジェロのピエタでも見ておくか……。

そんな程度の軽い気持ちでサン・ピエトロ大聖堂に足を運んで、ピエタを目にした。

その瞬間、リサさんはたちまち心を奪われた。彫刻に表現された悲哀を感じて、鳥肌が立ち、涙が止まらなくなってしまった。

自分も、こんなものを作ってみたい……。

気づいたときには、強くそう思うようになっていた。

「なんて言うか、宿命のようなものも感じたんです。自分は彫刻をするべきだって。もともと石は、自分という存在と切っても切れないものでしたから……」

それ以来、リサさんは彫刻に目覚めて学科も変えた。この血ともちゃんと向き合うべきだと考えて、アーティスト名もリサという本名とメデューサにちなんだ言葉を組み合わせたものにした。

リサさんは、実作を重ねて腕を磨《みが》いた。

同時に、お金を貯《た》めては旅に出て、優れた彫刻作品を目に焼き付けた。

ダビデ像、ミロのヴィーナス、サモトラケのニケ。

ネフェルティティの胸像《きょうぞう》、敦煌石窟《とんこうせっくつ》、アンコールワットの壁面彫刻。

勉強のために、ロダンの地獄《じごく》の門や広隆寺《こうりゆうじ》の弥勒菩薩半跏思惟像《みろくぼさつはんかしいぞう》など、石だけじゃない素材の彫刻もたくさん目にした。

「どれも本当に美しくって……私の場合は自分が異形《いぎよう》の血を引く美しくない存在なので、余計に美しいものに惹《ひ》かれるのかもしれませんけど……」

そうこぼしたリサさんに、私はすぐさま反論した。

「なに言ってるんですか！　そんなことないじゃないですか！」

私は言った。

「絶対に血がどうこうで美しさなんて決まりませんよ！　それに、リサさんのことも、私はすごく美しいって思います！」

「えっ……？」

怪訝《けげん》そうな顔をするリサさんに、強い口調でこうつづける。

「だって、彫ることに集中してるときのリサさん、凛としてて、美しいって表現がぴったりですもん！　石にする力もこうやって人のために役立てていて、生き方だって美しいです！あっ、もちろんリサさんの生みだす作品もです！」

リサさんは一瞬ポカンとして、すぐに恥ずかしそうにうつむいた。

「全然そんなことないですよ……この施術も、もともとは作品の制作費をひねりだす方法を考えてるうちに、たまたま思いついてはじめただけのことですし……」

「でも、今は違うんですよね？」

　確信を持って尋ねると、リサさんは口をつぐんだ。

　しばらくすると、小さく首を縦に振った。

「はい……もちろん制作費のこともありますけど、今は来てくださる方の笑顔に触れたいっていう思いが強くなってる気はします……」

「ほら、やっぱり！」

　リサさんはうつむいたまま、居心地が悪そうに右に左に視線を激しくさまよわせた。

　そう告げられたのは、リサさんのもとに通いはじめて三か月くらいがたった頃のことだった。

「完成しましたっ！」

　最後のやすりがけで彫った跡を滑らかに整えてもらうと、私は石化を解かれて鏡で自分の姿を確認した。

　ここまでのプロセスはもちろん確認してきていたけど、改めて完成形を目にすると、自分でもほれぼれするような見事な体形になっていた。

「すごい……私じゃないみたい……！」

私はリサさんとハグをして、感謝の気持ちを言葉の限りに伝えつづけた。

思わぬ話を聞いたのは、施術後にいつものようにアトリエでお茶をしていたときだった。

「じつは最近、久しぶりに個展の話をいただいて……」

リサさんは言った。

「有名なギャラリーなんですけど、急遽《きゅうきょ》空きが出たからやってみないかって……」

私は叫んだ。

「すごいじゃないですか！　えっ、いつですか⁉　すごいすごい！　絶対に見に行きますからっ！」

「それが……」

リサさんの声は沈んでいた。

「私、断ろうかと思ってるんです」

「ええっ！　なんでですか⁉」

「そこで個展をするなら、最終日にトークショーをやらないといけなくて……私がうまくしゃべれるわけないですし、人前に出るのも……」

「もったいないですよ！」

私はリサさんの言葉をさえぎった。

「チャンスなんですよね？　だったら、やったほうがいいですよ！　リサさんの作品、私もみんなに見てほしいですし、作品だって見られることを望んでると思います！　私には分かるんです！　だって、私もある意味、リサさんの作品のひとつなので！　と言うか、個展があるなら私もいっそ作品として出展してもらいたいくらいですよっ！　だから、ぜひやりましょう！」

冗談を交えつつ、私は彼女の背中を押した。

が、リサさんは逆に黙りこんだ。

まずい、余計なお世話だったかな……？

その直後、リサさんは口を開いた。

「それ……いい案ですね！」

「えっ？」

「もしよければ、一緒に作品の展示リストに入ってください！　私も一人じゃないなら、がんばれるような気がしてきました！」

「真に受けないでくださいよ！」

「あっ！　出ていただけるなら、石になったときのポーズも決めないとですね！」

リサさんは打って変わって楽しげで、私は断るタイミングを失った。

仕事があるんだけどなぁ……。

そう思ったけど、まあいいか、と考え直した。

会期中はなんとかして休めばいい。それより、リサさんの役に立ちたい——。

そうして私は、リサさんの作品のひとつとして、個展会場の隅っこに並べられることになった。

その搬入日、薄布をまとった状態でポーズをとって、リサさんに石に変えてもらった。

「うん！　我ながら、いい作品ですっ！」

大事な個展に、本当に私なんかがいていいのかな……？

直前まで不安はぬぐえなかったけど、やるからにはやり切らないとと覚悟を決めた。

個展がはじまると、さすが有名なギャラリーだけあって、連日たくさんのお客さんでにぎわった。

みんなからの視線を浴びて、思った通り初めは心の古傷がうずいてしまった。

やっぱり見られるのは無理かもしれない……。

でも、最後はリサさんへの信頼がまさった。

いや、大丈夫、自信を持たなきゃ……！

私の中の抵抗感は、しだいに薄れた。

会期はどんどん終わりに近づき、盛況のままあっという間に最終日がやってきた。

その展示の時間も終了して、残すはラストを飾るトークショーだけになる。

一足先に役目を終えた私はリサさんに石化を解いてもらって、トークがはじまるまでの時間を控室で一緒に過ごすことにした。

私が何よりリサさんに伝えたかったのは、心境《しんきょう》の変化だった。

「自分でも信じられないんですけど、展示してもらってるうちに人から見られるのも案外悪くないかもって思えるようになったんです……！　あと、さっき気づいたんですけど、なんだか私、肌の調子がすごくよくなってるみたいで……これって人の視線を浴びたからなのかなって考えたら、やっぱり見られるのも悪くないかもって」

リサさんは言った。

「最初にアトリエに来てくださったときの姿も、彫り終わって完成したときの姿も、どっちもおきれいだなって思ってはいましたけど……それでも、今のほうが断然輝いて見えます……！」

でも、とリサさんはぽつりとつぶやく。

「自分のやってることの限界も痛感しますね……私には見た目を整えることはできても、ここまで人を輝かせることはできないですから……」

「そんなことないですよ！」

確信を持って、私は言った。

「全部、リサさんの施術のおかげですから！　私、リサさんと出会えなかったら、一生こんな気持ちになんてならなかったと思います！」

そのとき、外からリサさんを呼ぶ声が聞こえてきた。

私は言った。

「今度はリサさんの番ですね。トーク、楽しみにしてますからねっ！」

そのとたん、リサさんの表情は急速にかたくなっていき、うつむき加減で視線も激しくさまよいはじめた。

「がが、がんばります……！」

そのガチガチに緊張した姿が微笑ましくて、私は笑みがこぼれてしまう。

「リサさん、ほら、リラックス！　全身が石みたいになってますよ！　それとも、秘薬で石化を解いたほうがいいですか？」

リサさんは、ハッとしたような表情になる。

「いま、初めて分かったかもしれません。私の力で石にされる人の気持ちが……」

笑っていると、リサさんは口を開いた。

「あの、その……」

そして、つづけた。

「本当にありがとうございます……！」

「何がです？」

私は尋ねる。

「あっ、石になる人の気持ちが分かったっていう話ですか？」

「そうではなくて……いえ！　この話はまたあとで！　とりあえず、行ってきますっ！」

首をかしげる私に向かって、リサさんは満面の笑みを浮かべた。

その視線はやっぱり外れていたけれど、今はもう、揺《ゆ》らがずまっすぐ前を見ていた。

to be continued…?

二〇二一年一二月　光文社刊
※『おとぎカンパニー　モンスター編』改題

光文社文庫

怪《かい》物《ぶつ》なんていわないで

著　者　田《た》丸《まる》雅《まさ》智《とも》

2025年3月20日　初版1刷発行

発行者　三　宅　貴　久
印　刷　新　藤　慶　昌　堂
製　本　ナショナル製本

発行所　株式会社　光　文　社
〒112-8011　東京都文京区音羽1-16-6
電話（03）5395-8147　編　集　部
8116　書籍販売部
8125　制　作　部

ISBN978-4-334-10580-8　Printed in Japan

組版　萩原印刷